Rainer Schildberger

Die Tote von Clare Island

Erzählungen

dave

ISBN 978-3-949941-13-9
dahlemer verlagsanstalt 2026

Michael Fischer
Leydenallee 92
12165 Berlin
www.da-ve.de

Umschlag: Almut Schildberger
Layou/Satz, Florian v. Wissel
Druck und Bindung: Prime Rate Kft.
H-1044 Budapest, Megyeri út 53

Rainer Schildberger

Die Tote von Clare Island

Erzählungen

dahlemer verlagsanstalt

Für Karin Hutzler

Inhalt

Die Tote von Clare Island ... 7

Hausfreund ... 34

Der Zeuge ... 41

Willkommen zurück ... 48

Wie klingt das Paddel,
das Du nachts durchs Wasser ziehst ... 50

Nervenkostüm ... 56

Licht ohne Grenzen ... 80

Ich bin Du ... 106

T-Bone-Steak ... 126

Ausflug mit Paul oder
Variationen einer Obsession Nr. 1 ... 130

Bu oder
Variationen einer Obsession No. 2 ... 135

Warteschleife ... 139

Abreise ... 162

Lindas Glück
Eine Parodie ... 165

Die Tote von Clare Island

In O'Malleys Pub waberte die Luft bräunlich und roch nach Bier und Toilette. Es war noch wenig los. Der Wirt stand auf einer Leiter vor der Flaschenwand und staubte eine der Weinflaschen ab. Seitlich neben der Eingangstür hockte ein Kerl mit rotem Gesicht und noch röteren Haaren und starrte in sein halbleeres Bierglas. Im angrenzenden Raum, zu dem eine kleine Treppe hinunterführte, spielten zwei schlaksige Burschen Billard. Karl saß am Tresen bei den Zapfhähnen unter dem Fan-Schal des FC Galway United und betrachtete die Fotografien, die ohne erkennbare Ordnung die blassgrüne Wand am Fenster zierten. Männer in gestreiften Trikots, Männer in Booten. Männer vor Booten. Doree River Flyfishing Competition 1983 hieß es auf einem Foto. Die Männer hielten mit stolzen Gesichtern Fische in die Luft. Im Hintergrund war der Knocknaveen zu erkennen, der zweithöchste Berg der Insel. Irgendwo da musste auch der Eingang zur Höhle sein, zur Unterwelt, wie es in Karls Reiseführer hieß. Die Hauptattraktion der Insel. Karl war bei der Lektüre von Dantes Göttlicher Komödie über eine Randnotiz gestolpert, die die Insel und die Höhle erwähnte. Als einziger bedeutender Ort Irlands, den Kolumbus auf seinen Karten verzeichnet hatte. Das Ende der Welt.

»Wann waren Sie denn zuletzt in der Höhle?«, fragte Karl den Wirt.

»Weiß nicht mehr. Ist Jahre her. Mit einem der Fledermaus-Typen.« Der Wirt stellte die Weinflasche zurück ins Regal und wandte sich ihm zu. »Wollen Sie noch ein Pint, Sir?«

»Danke, hab genug.« Mittags schon Bier, dachte Karl. Er hatte es nur aus Neugier bestellt. Ihm war schon vom ersten Humpen schwummrig geworden. Und er wollte ja noch ein bisschen die Insel erkunden, bevor es heute Abend in die Höhle ging. Da wollte er hellwach sein.

»Ich nehm noch eins, John«, brummte der rotgesichtige Typ neben ihm. »Bevor die Spinner kommen.«

Der Wirt stieg von der Leiter und ließ das schwarze Bier ins Glas laufen. In das sanfte Zischen schnitt ein Knallen. »Jesus!«, rief einer der Billard-Burschen. Anscheinend war er abgerutscht. Eine gelbe Kugel rollte über den Boden, wurde geschnappt und wieder auf dem Tisch platziert. Der andere Spieler massierte sich amüsiert das Ohrläppchen, beugte sich über die Kugeln und versenkte lässig eine der Roten.

Karl wandte sich dem brummigen Gast zu. »Immerhin kommen die Pilger seit 800 Jahren hierher. Die Berichte über die Jenseitsvisionen und Begegnungen mit den Toten sind …«

»Wenn Sie ne Tote sprechen wollen«, unterbrach ihn der Mann, »dann haben wir eine für Sie. Gleich nebenan.« Er neigte den Kopf in Richtung einer Tür gleich neben dem Tresen, die offenstand und den Blick in einen mit Kerzen bestückten Flur freigab.

»Red nicht so viel, Richard!«, pfiff ihn der Wirt an.

»Der Herr ist Gast hier.« Er nahm dem, den er Richard genannt hatte, das leergetrunkene Bierglas ab und schob ihm ein volles hin. »Das ist für heute das letzte.«

»Auf Marian!«, sagte Richard und tauchte seine Lippen in den cremigen, braunen Schaum des Bieres.

Eine Weile schwiegen sie. Nur das Klackern der Billardkugeln unterbrach in unregelmäßigen Abständen die Stille. »Ein Todesfall?«, fragte Karl irgendwann vorsichtig. »Das tut mir leid.«

»Seine Frau, meine Schwägerin.« Der Wirt zeigte an Richard vorbei in Richtung Flur. »Seit heute Morgen halten wir Totenwache. Ist bei uns so üblich. Eigentlich nichts für Touristen. Aber wenn's Sie interessiert. Marian hat sicher nichts dagegen. Was meinst du, Richard?«

Richard nickte. »Können sich sogar auf deutsch mit ihr unterhalten. Sie sind doch Deutscher, oder?«

»Ja, aus Berlin. Aber weiß nicht, ob das eine gute Idee ist.« Karl rutschte auf dem unbequemen Barhocker hin und her. »Mir ist eher nach etwas frischer Luft.«

»Die ist auch morgen noch da«, sagte Richard. »Jetzt werden Sie bloß nass.«

Tatsächlich. Es regnete. Eben noch hatte die Sonne geschienen, nun war alles verhangen und dichte Regenvorhänge hüllten den Hafen in reizloses Grau. Die Boote am Pier schaukelten müde auf dem trostlosen Wasser. Vom Meer war nichts zu sehen.

»Kommen Sie!«, sagte Richard keineswegs betrunken. »Ich zeig sie Ihnen. Marian ist wirklich eine schöne Tote. Sie brauchen keine Angst zu haben.«

Karl leerte mit einem kräftigen Schluck sein Bier. Was ging ihn diese Tote an? Ihm reichte sein Vater. Der war gestorben, als Karl vierzehn war. Damals hatte er nur teilnahmslos in der Trauerhalle des Krematoriums gesessen, unfähig zu Tränen, dem blumenbewehrten Sarg hinterhergeschaut, der ins Kellergeschoss der Halle hydraulisch versenkt wurde, direkt zur Einäscherung überstellt. Seitdem hatte er Beerdigungen gemieden.

Seine Mutter lebte noch. Da war noch Zeit bis zum Unausweichlichen. Und jetzt sollte er nach nebenan gehen und einer zurechtgemachten, wildfremden Leiche seine Aufwartung machen? Im Hinterzimmer einer Kneipe. Noch dazu in Begleitung des Witwers, der ungefähr in seinem Alter sein musste und der wieder sein Gesicht ins Bier hielt und ihn über den Rand des Glases aus unklaren Augen ansah. Nein. Karl zog einen 10-Euro-Schein aus dem Portemonnaie und legte ihn auf den Tresen. »Danke für das Angebot. Mein Beileid. Aber ich brauche jetzt wirklich frische Luft.« Er kletterte vom Barhocker und war schon an der Tür, als der Witwer sich zu ihm umdrehte.

»Grüßen Sie Ihren Vater von mir, wenn Sie ihn sehen«, sagte er ganz freundlich.

Für einen Moment verharrten sie ohne Regung. Dann riss sich Karl aus der Umklammerung des Satzes und lief ohne ein weiteres Wort hinaus in den Regen.

»Der hat jetzt Gesellschaft«, sagte John. Sie sahen dem Gast durchs Fenster nach und lachten. Der Wirt kam hinter seinem Tresen vor, ging zu den Tischen und wischte einen nach dem anderen sauber. »Ich hätte ihm allerdings die Mutter mit auf den Weg gegeben. Sie stand ihm bis zum Hals in den Augen.«

»Ach was«, entgegnete Richard. »Du immer mit den Augen. Konntest du von der Leiter aus doch gar nicht richtig erkennen. Er drehte das Bierglas zwischen seinen Händen. Nein, der war zu höflich. Und wie stocksteif der sich an seinem Pint festgehalten hat. So, als dürfe er in seinem Alter noch gar kein Bier trinken. Ganz klar, den hatte die Mutter an der Leine. Und Klavierspielen musste er auch. Hast du seine Hände gesehen. Immer mit geputzten Fingernägeln unterwegs. Klavierspieler, jede Wette. Der Vater hatte jedenfalls nichts zu melden oder ist schon lange tot.«

»Halte ich dagegen«, sagte John. Er rückte die Bilder am Fenster zurecht. »Hast doch die Klamotten gesehen. Brauner Anzug, grüne Krawatte, gelbe Öljacke. Und die klobigen Schuhe.« Er lachte. »Da fehlte eindeutig die weibliche Führung.«

»Alles Widerstand gegen das Diktat der Mutter«, meinte Richard und kippte sich einen ordentlichen Schluck Bier in den Hals.

»Den überkorrekten Vater«, entgegnete John.

»Wahrscheinlich Pfarrer. Du weißt doch, was Marian immer über ihren Vater gesagt hat. Die hätte bestimmt auch auf die fehlende Mutter gesetzt.«

»Schade, dass sie nicht mehr mitmachen kann«, sagte Richard. »Besonders bei den Deutschen. Weißt du noch, als sie der Frau aus Hamburg die tote Schwester aufgetischt hat und wie bleich die aus der Höhle kam?« Sie lachten so laut und so lang, dass die Billard-Burschen verwundert zu ihnen rüberschauten.

»Vielleicht sollten wir damit aufhören«, meinte John. »Ohne Marian ist das alles nur noch halb so gut.«

Richard nickte. »Ich glaube, wenn wir sie beerdigt haben, werde ich für eine Zeit weggehen und was anderes machen. Connor hat mir schon länger angeboten, in seine Firma als Vertreter für Angelzubehör einzusteigen. War zwar erst für den Winter angedacht, aber was soll's.«

»Das alte Nomadenleben wieder aufgreifen? Ich weiß nicht. Ich stell mir das grausig vor, so ein Leben in Hotels. Du gehörst doch hierher, Richard. Und wenn du Geld brauchst, du weißt …«

»Ja, ich weiß. Es wär auch nicht für lange. Bloß auf andere Gedanken kommen. Hier kann ich das nicht. Da ist sie überall.«

»Stell dir das nicht so leicht vor. Außerdem müsstest du dann auch in den Norden. Du hast doch immer gesagt, was soll ich in einem Land, wo sie uns hassen?«

»Trotzdem«, sagte Richard. »Ich muss weg. Anders geht's nicht.«

Eine Weile saßen sie stumm und hingen ihren Gedanken nach, als sie ein Schrei aufschreckte. »Verdammt, was ist jetzt?« Richard war mit einem Satz auf den Beinen und eilte durch den Flur ins stickige Totenzimmer, wo Mrs. O'Grady, die Frau des Fährmanns, über Marian gebeugt stand und an der Leiche horchte.

»Gütiger Gott, Eileen, was machst du denn da?«

»Die Hand«, sagte sie zitternd. »Sie hat sich bewegt.« Richard zog sie am Arm von der Toten weg und führte sie behutsam zurück auf ihren Platz bei den Blumen. »Ich weiß, wir wünschen uns alle, dass sie noch leben würde.«

Mrs. O'Grady hielt sich an ihrem Rosenkranz fest.

»Und gesprochen hat sie auch zu mir.«

Richard setzte sich neben sie und legte ihr die Hand auf den Arm. »Das ist ganz normal. Das ist doch nicht deine erste Totenwache, Eileen.«

Mrs. O'Grady ließ die Perlen des Rosenkranzes mit energischen Bewegungen durch ihre Finger gleiten.

»Natürlich«, sagte sie. »Aber es war deutsch, ich hab kein Wort verstanden. Heilige Mutter Gottes! Wir müssen beten, dass sie nicht der Teufel holt.«

»Wieso sollte er?«

»Die Prüfungen, das Wiegen der Seele, das Auflisten der Sünden. Wir alle und besonders sie …«

»Lass gut sein«, unterbrach sie Richard ein wenig ärgerlich »Geh jetzt nach Hause. Du hast lange genug bei ihr gesessen. Die Ablösung kommt sicher gleich. Ich bleib so lange hier. Außerdem kann ich ja ein bisschen deutsch. Wenn's was Wichtiges ist.«

Eileen musterte ihn scharf. »Mach dich nur lustig. Ich weiß, dass du nicht daran glaubst. Und Melly sowieso nicht als Evangelische. Aber Marian hat sich bewegt, sie kehrt zurück zu ihrer Sprache, sie kämpft. Das sind untrügliche Zeichen. Für sie ist die Stunde der Wahrheit gekommen. Ich werde für sie beten.«

Schaden wird's schon nicht, dachte Richard, behielt es aber für sich. »Ich mache mich nicht lustig«, sagte er und klang dabei auf einmal unfreundlicher als er es eigentlich sein wollte. »Ich habe ständig Mellis Stimme im Kopf. Da lebt sie weiter. Und ich hoffe noch sehr lange.«

»Entschuldige, Richard«, sagte Mrs. O'Grady. »Ich habe kein Recht … Melly war … Sie hat uns alle mit ihrer Art … Ach, du weißt schon.«

»Sie wird denen schon einheizen«, sagte Richard versöhnlich. »Da bin ich mir sicher. Und jetzt würde ich gerne noch ein bisschen alleine mit ihr sein, bis die Ablösung kommt.«

Mrs. O'Grady nickte, verstaute den Rosenkranz in ihrer Handtasche und zog sich ihren Regenmantel über.

»Wir brauchen noch mehr frische Blumen«, sagte sie und bekreuzigte sich vor dem Sarg. »Sie ist jetzt fast zwei Tage tot. Es wird bald unangenehm.«

Als sie gegangen war, zog Richard die Vorhänge beiseite und öffnete das Fenster.

Der Regen hatte mal wieder aufgehört und ein paar Sonnenstrahlen zauberten hier und da helle, glitzernde

Punkte aufs Wasser. Die Fähre kam. Gleich würde sie am Pier festmachen und jede Menge Besucher ausspucken. Die meisten vermutlich Pilger, die wie jedes Jahr um diese Zeit auf die Insel strömten, um die Nacht in der Owen-Höhle zu verbringen. Dazu die anderen, die einfach nur wandern, sich erholen oder nach Geistern und dem Grund der unzähligen Geschichten Ausschau halten würden, die über Clare Island erzählt wurden. Dann wäre es mit der Ruhe hier vorbei, denn viele hatten ein Zimmer bei John im Burghotel gebucht. Das Geschäft musste weitergehen. Sie alle hier lebten mehr oder weniger vom Tourismus. Zumindest von Mai bis Oktober. Auch er, Richard, der den Anglern die besten Plätze zeigte oder Interessierte in seinem Boot zu den Vogelklippen schipperte. Unterwegs legte er noch am Leuchtturm an, damit ihnen der alte Sean Keen bei einer Tasse Irish Coffee von den Fab Four erzählte, die dort im Sommer 68 ein paar Wochen verbracht hatten, als es noch als Hotel geführt wurde. Im Winter zehrten sie von den Vorräten und dem Arbeitslosengeld, das ihnen Dublin überwies.

Richard schloss das Fenster. Die Vorhänge zog er nicht wieder zu. Das entsprach zwar nicht der Tradition, nach der es im Raum der Toten dunkel und feierlich zu sein hatte. Mit Kerzen und zur Wand gedrehten Bildern und der Verbannung alles Lebendigen. Aber er mochte das nicht. Jetzt, wo er mit ihr allein war, sollte es taghell sein, sollten die Wolken vorbeiziehen und das Meer leuchten.

Richard lehnte sich an die Wand. Sein Blick ruhte auf Marian. Ihr dunkles Haar schimmerte, als sei sie gerade erst aus dem Owenmore gestiegen, ihrem täglichen Bad im Fluss. Verrückte Sache, dachte er. Immer um neun Uhr morgens war sie aufgestanden, noch vor dem Frühstück zu ihrer Stelle bei der Brücke gelaufen und ins eiskalte Wasser gesprungen. Ein paar Mal war er mitgegangen. Manchmal hatten sie sich bis hinunter ins Meer treiben lassen. Später zog er es doch vor, noch im Bett zu bleiben. Vor allem an den Tagen, wo es gar nicht richtig hell werden wollte. Sie hingegen folgte eisern ihrem Ritual. »Melly«, flüsterte er. »Meine deutsche Melusine«. So nannte er sie, weil ihm das Festhalten am immergleichen Zeitpunkt und das Durchhalten, ob es regnete oder stürmte, irgendwie deutsch und auch etwas sagenhaft vorkam. Und bald war aus dem privaten Kosenamen ihr öffentlicher Spitzname geworden. Denn ihr eigentümliches Ritual hatte schnell die Runde gemacht.

Jetzt, nach nur zwei Tagen, mit dem Einsetzen des Schrumpfens, hatte sie ihr Wind- und Wasserwesen schon merklich eingebüßt. Ihr Mund erschien Richard flacher und ernster und erinnerte ihn an die Zeit, als er ihr das erste Mal begegnet war. Europatrip. Marburg. Marianne Schelling und Karen, die beste Freundin.

Richard versank in den Bildern dieser Marburger Tage. Diesem irren Gemisch aus Angst vor dem Atomkrieg und Bierräuschen in den Kellern der Oberstadt und den Gärten am Ufer der Lahn. Dieses Umherziehen und Trinken und Jungsein gefiel ihm. Es war anders als das, was er von zu Hause kannte, wo alle gegen das Wetter und die fehlende Arbeit antranken. In Marburg tranken sie aus politischen Gründen oder weil sie Künstler sein wollten oder einfach auf das bevorstehende Leben. Alles war in Bewegung, alles war Taumel, ob als Kampf für den Weltfrieden, das Ende der Elternherrschaft oder um sich endlich in Liebesabenteuer zu stürzen. Und immer unternahmen sie alles zu dritt. Gingen auf Demos, lagen nackt am Baggersee und verbrachten Nächte auf den Lahnwiesen. Küssten sich irgendwann. Immer noch schade, dass es zu mehr nicht gekommen war. Der Abschied nur auszuhalten, weil sie versprachen, ihn auf der Insel zu besuchen.

Richard stand auf und lief um den Sarg. »Kerry or Mary, who should I marry«, sang er leise. »Quiet handsome Kerry, rough laughing Mary, both queens of future in my passion play.« Richard war bei den Zeilen, die er für die beiden zum Spaß an einem der letzten Abende in Marburg spontan gesungen hatte, unmerklich in einen leichten Tanzschritt verfallen. »Wish I've had two hearts, the strenght and the money to give both of them a reason to stay.« Als Karen und Marianne im darauffolgenden Sommer plötzlich am Pier von Clare Island vor ihm standen, war ihm mit einem Schlag klar geworden, dass ihr Besuch nicht ohne Folgen bleiben würde.

Ob Karen kommen würde? Dass es damals nicht auf sie, sondern auf Marian hinausgelaufen war, eigentlich Zufall. Oder auch nicht. Sie saßen bei Paul Coyne im Wohnwagen und becherten. Gerry war noch dabei. Pauls Bruder. Gerade aus England zurück vom Arbeiten. Das musste gefeiert werden. Drei Männer, zwei Frauen. Irgendwie kamen sie auf die Idee, mit dem Boot aufs Meer rauszufahren. Aber weil in Pauls Kahn nicht genug Platz für alle war, teilten sie sich auf. Richard und Marianne in Vaters Boot. Paul, Gerry und Karen in dem anderen. Die fuhren dann bald wieder an Land zurück, weil Karen Angst bekam, vor dem dunklen Meer oder vor der Situation mit den aufgedrehten Brüdern.

Marianne und er blieben die ganze Nacht draußen.

»Nicht so einfach, sich in einem schaukelnden Boot zu lieben«, sagte er und lachte. Mit ruhigen Schritten tanzte er um den Sarg durch die Bilder dieser Halbmondnacht. Blieb hin und wieder stehen und verbeugte sich vor Marian. Wie gerne hätte er jetzt einfach ihre Hand genommen und mit ihr getanzt. So summte er und drehte sich noch eine Weile allein durch den stillen, sonnigen Raum, bis er die Tränen nicht mehr zurückhalten konnte.

»Darf ich bitten!« Die Stimme hinter ihm gehörte Paul Coyne. Der lehnte im Türrahmen.

Die Musik in Richards Kopf brach sofort ab. »Wie lange stehst du da schon?«

»Seit eben erst. Mann, warum ist'n das hier so hell?« Paul Coyne verharrte bleich im Türrahmen. »Ist sie das wirklich? Das kann doch nicht sein. Ich hab's von Brian gestern auf der Fähre gehört.«

Richard lief auf ihn zu und sie umarmten sich. »Ich kann's selbst nicht glauben. Der alte Molloy hat sie am Flussufer gefunden. Muss ausgerutscht sein.« Sie lösten sich voneinander. »Gestern?«

Paul Coyne sah zu Boden. »Entschuldige, ich war nicht in der Lage, früher zu kommen. Wär am liebsten gleich wieder abgehauen. Bin die ganze Nacht durch die Gegend gelaufen. Ich wusste nicht, wie ich's hierher schaffen sollte.«

»Ich auch nicht«, sagte Richard. »Aber jetzt komm!« Er zog Paul in den Raum bis ans Fußende des Sarges. Er spürte, wie sein Freund zitterte. Als er das Gefühl hatte, dass Paul sich allmählich fasste, gab er ihm einen sanften Stoß gegen die Schulter.

»Kann ich dich mit ihr allein lassen? Wir reden später. Ich brauch ne Pause.«

Paul nickte. Sein Blick konzentrierte sich auf Marian.

»Wer singt denn jetzt heute Abend in der Höhle?«, fragte er erschrocken. »Ach, entschuldige, das ist ja überhaupt nicht wichtig. Ich bin ein Idiot.«

»Schon gut«, sagte Richard. »Ich hab sie sogar schon beschimpft. Verdammter Leichtsinn. Blöde Schwimmerei. Lässt mich hier einfach hängen.«

Paul schnaufte erleichtert. »Gibt wohl kein Richtig oder Falsch in unserer Situation.«

»Kannst ihr auch ein paar deiner Witze erzählen«, sagte Richard und verließ den Raum.

Komische Käuze, dachte Karl. Er folgte der Straße, die aus Fawnglass hinaus in Richtung Norden führte. Aber dass sie hier offensichtlich über eine besondere Art Menschenkenntnis verfügten, überraschte ihn nicht. Ihm war das oft an spirituellen Orten begegnet, wo sich vermeintliche Wunder ereignet hatten oder der Kontakt zur anderen, unerklärlichen Seite unserer Existenz möglich sein sollte. Der Regen jedenfalls war in jeder Hinsicht beruhigend diesseitig. Warm und fast zärtlich betupfte er Karls Gesicht. Er schmunzelte in sich hinein. Die meinten bestimmt, sie hätten's ihm, einem der Spinner, gegeben. Und er würde jetzt mit durchsichtigem Blick und Gedanken wie glühende Kohlen durch die Landschaft irren. Sie beide womöglich für Schamanen halten und die Legende der Insel nähren. Alles mystisch, alles magisch, alles ganz persönlich. Dabei waren sie es, die eine Tote liegen hatten und an den harten Brocken ihrer Trauer kauten. Sie mit schwarzem Bier und noch schwärzeren Späßen genießbarer machen wollten. Und natürlich hatten sie ihre Erfahrungen, kannten die Kundschaft. Wussten, dass der Geist des Ortes wie von selbst die Vogelkäfige der Erinnerungen aufsperrte. Sein Vater, na klar. Vor Jahren hätte ihn solch eine Situation noch ins Schlingern gebracht. Aber das war alles ewig her. Das lange Sterben. Der Magenkrebs. Die Nacht, als sie als Kinder geweckt wurden. Die Nachricht. Gestorben im Krankenhaus. Die Leere. Das erstarrte Mitwandern im Trauerzug hinter der Urne. Das Verlorensein. Die Wochen danach mit dem Geist des Vaters an der Decke des Kinderzimmers. Bis der irgendwann verschwand. Das reichte ihm. Er brauchte diese unbekannte Tote der O'Malleys nicht.

Karl erreichte die offene Ebene der Ostküste, trat aus dem Schutz des Knocknaveen. Der Westwind blies ihm ins Gesicht. Er zog sich die Kapuze seiner Öljacke über und verknotete sie am Hals. Lief einfach weiter durch den Regen, die halbhohen Steinmauern entlang, die links und rechts der Straße den Zutritt ins Gelände verwehrten. Über die moosbewachsene Brücke am Doree River, der braun und wirbelnd in Richtung Meer rauschte. Schafe blökten unzufrieden auf den sumpfigen Wiesen. Ein paar nasse Krähen flogen auf, fanden aber bald wieder zurück ins schützende Geäst eines Baumes. An einer Straßenkreuzung tauchten die Ruinen eines verlassenen Dorfes auf. Karl blieb kurz stehen, verwarf dann aber den Gedanken, sie sich näher anzusehen. Der Weg auf die Anhöhe war überwuchert und nass. Da würde er sich unnötig einsauen. Das war ohnehin eine fremde, unvorstellbare Vergangenheit. Das Dorf aufgeben, weil es nichts zu essen gab. So eine Not hatte er nie gekannt. Er war ein Kind des Wirtschaftswunders. Prompt fing sein Magen an zu knurren. Seit dem Frühstück waren doch schon ein paar Stunden vergangen. Und das Bier zählte nicht.

Er war schon weiter, als plötzlich ein alter VW-Bus die Straße heraufgekrochen kam. Der hielt beim Einstieg zum verlassenen Dorf. Drei Männer und zwei Frauen in Outdoorkluft und gelben Mützen stiegen aus. Sie schnallten sich ihre Rucksäcke über. Eine der Frauen winkte im zu. Er grüßte zurück. Die Gruppe nahm sonst keine Notiz von ihm. Die Frau, die ihm zugewinkt hatte, malte mit der Hand den Weg zu den Ruinen in die Luft und bald folgten ihr die übrigen Gelbmützen den Weg hinauf.

Gruppenreise, dachte Karl. So etwas hatte er immer gemieden. Ihm reichten die Klassenreisen, die er als Lehrer zu unternehmen hatte. Und zuvor die Reisen mit der Familie. In den Ferien wollte er allein sein. Und da die Kinder groß waren und Sophie und er sich vor Jahren getrennt hatten, hatte er aus der anfänglichen Not eine Chance gemacht und war wieder zum Individuum, zum Wanderer geworden. Bei jeder sich bietenden Gelegenheit aufgebrochen. Überall hin, doch immer öfter zu den Toten.

Auf dem Berg Athos hatte er sie zum ersten Mal besucht. Bloß ein Abstecher während einer Griechenlandreise. Eindrücke sammeln für seinen Leistungskurs Geschichte. Die Sätze des bis zu den Ohren mit Bart zugewachsenen Mönches, der sich ihm als Gelasios vorgestellt hatte, vergaß er nie. »Die Toten«, sagte der und führte ihn zum winzigen Friedhof des Klosters Philotheou, wo lediglich drei Holzkreuze im aufgewühlten Boden steckten, »werden in ein rotes Grabtuch gehüllt und für drei Jahre in die Erde versenkt. Nach drei Jahren graben wir die Überreste aus und waschen sie mit Wein und Wasser. Versehen mit dem Sterbedatum kommen sie dann hier ins Gebeinhaus.« Gelasios schloss die Tür zum fensterlosen Gebäude auf. Das Licht fiel auf meterhohe Regale. »Der Todestag ist der Geburtstag der Seele«, erklärte er. »Einen anderen Geburtstag feiern wir nicht.« Der Mönch lachte.

»Gehen sie ruhig rein, die Knochen duften.« Und da lagerten sie. Wohlgeordnet. Hunderte von Schädeln bis zur Decke. Sauber gestapelt wie Brennholz die Ober- und Unterschenkelknochen. In Kisten die Überreste der Arme. Die Hände extra. Auch die Becken. Und sie dufteten tatsächlich. Benommen stand Karl im Raum. Erschrocken und gleichzeitig unerklärlich angezogen von diesem Anblick, der ja ein Ausblick war.

»Am Tag X wird der Herr auf unerklärliche Weise alles wieder zusammenfügen«, sagte der Mönch.

Seit dieser Begegnung hatten ihn die Toten nicht mehr losgelassen, reiste er immer wieder zu ihren oberirdischen Plätzen und Lagern, den unterirdischen Räumen und Gängen. Verdun, Arlington, Stalingrad. In den Katakomben vor den Toren Roms waren die Christen in den Nischen längst zerflossen, aus dem kilometerlangen unterirdischen Friedhof von Paris, wo in einem Teil die Überreste von Revolutionären aufbewahrt wurden, hatte er sogar ein Stück zerbrochener Schädeldecke von einem riesigen Scherbenhaufen genommen und an die Oberfläche geschmuggelt, obwohl das natürlich streng verboten war. Das »Souvenir« dieser Reise führte er seitdem immer mit sich. Auch jetzt lag es in einer Innentasche seines Rucksacks. Seinen Schülern hatte er es, wenn sie im

Unterricht die Französische Revolution behandelten, hin und wieder gezeigt. Und auch die Fotos von den Schädelkammern des Athos. Als sich irgendwann Eltern bei ihm beschwerten und auch den Direktor einschalteten, ließ er es bleiben.

In letzter Zeit waren ihm diese Reisen zunehmend schwergefallen. Er spürte, dass er sie nur noch aus Gewohnheit unternahm und sich meistens dabei langweilte, sich leer und einsam fühlte, wenn er durch Gräberreihen stiefelte oder in klammen Höhlen fror. Es gab keine Antworten. Der Besuch in der Höhle auf Clare Island würde nichts daran ändern. Es sollte der letzte sein. Klärung bringen. Das Ende der schal gewordenen Alleingänge. Was dann kommen würde, wusste er nicht.

Ein heftiger, nasser Windstoß erlöste ihn von der Dunkelheit in seinem Kopf. Karl fand sich auf einer Anhöhe zwischen den Bergen wieder. Vom steilen felsigen Hang des Knockmore rollte ihm der Regen entgegen, der nun nicht länger weich und warm war, sondern ihm rücksichtslos und kalt ins Gesicht schnitt, Hose und Schuhe durchspülte und bis unter die dünne Öljacke kroch.

Wo war er hier gelandet? Einfach drauflosgelaufen. Die Karte im Zimmer auf dem Bett. Diese O'Malleys hatten ihn abgelenkt mit ihrem Gerede. Nirgendwo ein Haus oder ein Unterstand. Alles links und rechts der Straße kahl und morastig. Die Füße schmatzen bei jedem Schritt in den Schuhen. Wie spät war es? Die Uhr natürlich auch im Hotel. Das Bier, na klar. Aber irgendwann musste die Straße doch auf die Küstenstraße stoßen, das Meer zu sehen sein. Er erinnerte sich an das kurze Sichten der Karte gestern Abend. Da gab es einen Rundkurs um den Knocknaveen.

Irgendwann, als er zu zittern begonnen hatte und die Straße kaum noch auszumachen war, tauchte ein Schild am Straßenrand auf, das mit der Spitze in Richtung Berg zeigte »Owens Purgatory« war zu lesen. Das Fegefeuer. Der Weg zur Höhle. Sollte er dort hinauf und sich in Sicherheit bringen? Wie weit mochte das sein? Nein, das riskierte er nicht. Er stürzte hastig weiter, bis zwischen den vorbeijagenden, tieffliegenden Wolken plötzlich bunte Wäschefahnen flatterten. Die Umrisse eines orangegestrichenen Hauses zu erkennen waren und eine Frau, die in dicker Regenjacke und Gummistiefeln mit der widerspenstigen Wäsche kämpfte, sie hastig von der Leine nahm und in einen Korb warf.

»Hallo!« rief er. »Kann ich mich bei Ihnen kurz unterstellen?«

»Was ist?« Die Frau hielt sich eine Hand ans Ohr. Karl stand am Gartentor und zeigte erst nach oben in den Regen, dann auf den Eingang des Hauses, der von einem verglasten Vorbau geschützt war. »Ach so. Ja, natürlich. Kommen Sie!« Sie stopfte die restliche Wäsche in den Korb und war schnell bei ihm. »Es ist immer das gleiche« sagte sie. »Eigentlich ein Witz, was wir hier mit der Wäsche veranstalten«.

»Soll ich Ihnen den Korb abnehmen?«

»Geht schon.« Sie stapfte durch den Kies vor dem Haus und drückte mit der Hand am Korb erst die Verandatür auf, streifte sich gekonnt mit den Füßen die Gummistiefel ab, und öffnete ebenso geschickt die dahinterliegende Haustür. Karl folgte ihr in die Glasveranda, zog sich auch die Schuhe aus und stellte sie zu den übrigen Paaren Gummi- und Wanderstiefel, die da in verschiedenen Größen unter einer mit drei Lagen Regenkleidung vollgehängten Garderobe durcheinanderlagen. Er pellte sich aus der Öljacke und warf sie einfach zu den Schuhen. In nassen Socken stand er im Türrahmen. »Wollen Sie da anwachsen?«, fragte die Frau und schob den Korb in eine Ecke des Wohnzimmers. Sie schlüpfte aus der Kapuzenjacke. Dunkle, glatte Haare und eine schlanke Gestalt in blauem Pullover und Jeans kamen zum Vorschein. »Himmel, Sie sind ja vollkommen durchnässt. Runter damit. Ich geb ihnen was von meinem Mann.« Schon war sie in einem der angrenzenden Zimmer verschwunden. Eine Schranktür knarrte, Bügel schepperten.

Karl trat in den überraschend hohen, von einem langen Holztisch beherrschten Raum. Die Zwischendecke war entfernt worden. Ein paar zusätzliche Fenster in den Dachschrägen sorgten für mehr Tageslicht. Im Kamin knackten Holzscheite. »Das müsste gehen«, sagte die Frau, als sie wieder ins Wohnzimmer kam. Über dem Arm ein Handtuch, eine braune Hose, ein kariertes Hemd, frische Socken und Unterwäsche. Sie sah ihn aus frechen Augen an. »Ich hab schon mal einen nackten Mann gesehen«, sagte sie. »Aber Sie können sich auch nebenan im Fernsehzimmer umziehen. Ich mach uns erstmal einen Hot Whiskey.«

Sie verschwand in der Küche. Als er sie nebenan mit Wasserkessel und Geschirr hantieren hörte, schälte er sich mühsam aus den nassen Klamotten, trocknete sich ab und warf sich in die zugeteilte Kluft des Hausherrn. Sie war ihm mindestens eine Nummer zu groß. Er nahm in einem Sessel neben dem Kamin Platz.

Die Hausherrin brachte zwei Glasbecher und einen Teller mit Keksen. Sie lachte, und in ihrem blassen Gesicht, das so gar nichts Irisches zeigte, faltete sich ein Grübchen auf. »Ich musste früher auch immer die viel zu großen Sachen meiner Schwester tragen.«

»Ja, kenne ich«, sagte Karl. »War bei uns nicht anders. Danke übrigens für Ihre Hilfe. Ich glaube, ich habe das irische Wetter unterschätzt.«

Sie reichte ihm sein Glas und setzte sich auf einen Hocker beim Kamin. »Darauf wollen wir trinken. Slainte!«, sagte sie, legte dabei den Kopf schräg und sie stießen mit den dampfenden Gläsern an.

»Oha! Der hat's aber in sich«, sagte Karl und nahm einen Keks. Der heiße Whiskey ging ihm sofort ins Blut.

»Was führt Sie auf die Insel?«, fragte sie.

»Die Höhle«, antwortete er.

»Ach ja, die gute alte Höhle«, sagte sie hörbar enttäuscht. »Hätte ich mir denken können. Da haben Sie den Weg verpasst.«

»Nein, nein. Ich habe das Schild gesehen.« Karl nahm einen Schluck Whiskey. »Aber ich weiß noch nicht, ob ich wirklich reingehe.«

»Nur feuchte, stumme Steine und ein Haufen Fledermäuse. Haben Sie übrigens schon mit Dr. Baldwin Bekanntschaft gemacht, unserem Experten?«

»Fledermäuse? Nein, die interessieren mich nicht.«

»Aber was anderes Interessantes gibt's da nicht. Es sei denn, Sie finden den komischen Zirkus mit den Toten gut.« Sie spitzte die Lippen und gönnte ihm wieder diesen frechen Blick. »Hab ich Sie ertappt, was? Na, das war nicht schwer.«

»Das muss die Insel der Hellseher sein«, entgegnete er. »In der Kneipe am Hafen haben mir auch schon zwei Witzbolde mit ihrem Talent aufgelauert. Und dabei ist dem einen gerade die Frau gestorben. Die wollten sogar, dass ich sie mir ansehe. Befremdlich. Sie liegt da wohl aufgebahrt im Hinterzimmer. Aber das wissen Sie sicher.«

»John und Richard, ach ja.« Sie sah ins Feuer, wo zwei glühende Scheite zusammenstürzten, Funken und Rauch im Luftzug des Kamins aufstiegen. »Aber warum befremdlich?«

»Nebenan spielen sie Billard. Und sicher wird's da bald vor Pilgern und Touristen wimmeln. Ist schließlich die einzige Kneipe im Ort.«

»Verstehe.« Sie nahm den Schürhaken aus einem Ständer und brachte das Feuer wieder in Ordnung. »Es stimmt, früher machten sie das immer bei den Familien zu Hause. In den letzten Jahren fanden die Totenwachen meist bei John statt. Das ist praktischer für alle. Außerdem ist es ein schöner Raum, wo schon allerhand los war. Jeder hier auf der Insel verbindet was damit.« Sie legte noch ein Stück Holz auf, stocherte in der Glut, bis frische Flammen loderten und wandte sich wieder Karl zu. »Der Geist der Toten reist ohnehin, wohin er will. Die eigenen Möbel sind das letzte, was der vermisst, oder?«

»Wenn man's so betrachtet.« Karl trank sein Glas leer. Der Whiskey und das Feuer hatten ihm schon mächtig eingeheizt. Er spürte, wie sein Kopf glühte und sich auf der Stirn ein dünner Schweißfilm bildete. Wahrscheinlich lag es auch an dem dicken Hemd, dass er vom Frieren und Zittern so zügig ins Schwitzen überwechselte.

»Wie betrachten Sie es denn? Sie wollten schließlich in die Höhle? Sie haben mir noch nicht verraten, warum. Oder warum auf einmal nicht mehr.«

Die setzt mir ganz schön zu, dachte Karl. Was geht sie das an? »Eine lange Geschichte«, sagte er. »Ich will Sie nicht damit behelligen.«

»Wir lieben hier lange Geschichten. Vor allem an solchen Abenden wie diesem.«

»Sie meinen den 24. Juni?«

»Unter anderem, ja. Aber das ist eine andere Geschichte. Die kennen wir auch schon.«

Eine Weile schwiegen sie. Karl spürte, dass nun er an der Reihe war. Er wollte ja reden. Endlich reinen Tisch machen. Und warum nicht hier bei einer Fremden.

»Es war einmal ein Junge«, begann er schließlich, »der hielt die magere, kalte Hand seines Vaters.« Und er erzählte ihr die ganze Geschichte.

»Puh«, sagte sie, als er bei seinem Irrweg durch den Regen, am Schild zur Owenhöhle und vor ihrem Haus angelangt war. »Das ist ja mal Neues. Aber jetzt sollten wir mit den Toten aufhören und uns ums Leben kümmern. Ich hab Hunger, Sie auch?«

»Ja, aber Ihr Mann wird doch sicher auch was essen wollen.«

»Ach, der kommt so bald nicht. Der schiebt sich bei John im Pub ein paar Sandwiches rein. Ich wärm uns das von gestern auf«. Und schon war sie in der Küche verschwunden.

Wenig später saßen sie bei dampfenden Tellern und Guinness aus der Flasche am großen Tisch. Das Stew, ein Gemisch aus Kohl, Kartoffeln und fettem Fleisch, sah nicht besonders reizvoll aus, schmeckte aber fantastisch.

»Köstlich!«, sagte Karl und spülte mit Guinness nach. »Lange nicht so was Gutes gegessen.«

»Nicht wahr? Das weckt die Lebensgeister. Das ist Richards Spezialgericht. Ich kann ja nicht besonders Kochen.«

Lebensgeister, dachte Karl. Wie einfach das sein konnte. Das Leben. Das war das Unbegreifliche, nicht der Tod, dem er sein halbes Leben lang auf die Spur zu kommen versucht hatte. »Sie sind so erfrischend lebendig«, sagte er.

Sie schmunzelte. »Vorsicht!«, sagte sie. »Das ist Kitsch. Das sind Kalendersprüche. Aber da wir unter uns sind: Der Tod ist nichts, wovor wir uns zu fürchten hätten.«

Karl lachte. »Das passt in keinen Kalender.«

»Darauf wollen wir trinken«, sagte sie und hielt ihm ihre Bierflasche hin.

»Worauf?«

»Worauf, worauf! Tun wir es einfach.«

»Auf die Lebensgeister, also«, sagte Karl.

»Und auf alles, was da kommen will. Und jetzt sollten wir was singen. Sie fangen an.«

»Was? Aber ich kenne gar keine Lieder.«

»Ach, die Deutschen«, sagte sie. »Haben alles erreicht und keine Lieder mehr.«

»Ich könnte ein Weihnachtslied.«

»Und das am 24. Juni. Aber besser als nichts.«

Das Feuer im Kamin war inzwischen zur Glut heruntergebrannt und knisterte vor sich hin. Draußen war es dunkel und still. Karl ging für sich die Weihnachtslieder durch, an die er sich erinnerte. Irgendwie kam er sich albern vor, von stiller Nacht und morgen Kinder, wird's was geben zu singen. Morgen, wenn die Wirkung von

Whiskey, Bier und funkelnden Augen am Kaminfeuer nachgelassen hätte, würde sich ganz schnell wieder die alte Schädel-Sehnsucht melden, seine falsche Freundin, weil er sonst keine hatte. Obendrein war er auch kein besonders guter Sänger. In der Schule … Ach, was soll's, dachte er und fing einfach mit dem Erstbesten an, das ihm in den Sinn kam.

»Am Weihnachtsbaume die Lichter brennen, wie glänzt er festlich, lieb und mild. Als spräch er: Wollt in mir erkennen getreuer Hoffnung stilles Bild! Die Kinder stehn mit hellen Blicken, das Auge lacht, es lacht das Herz. O fröhlich seliges Entzücken! Die Alten schauen himmelwärts. Zwei Engel sind …« Karl stockte. »Weiß nicht mehr genau, wie's weitergeht.«

»Aber ich«, sagte die Gastgeberin. »Wir haben da ne irische Version.« Sie stand vom Tisch auf, stellte sich neben den Kamin und legte los. »Am Weihnachtsbaume, da hängt ne Pflaume, wie kommt die Pflaume in den Baum. Was soll die Pflaume am Weihnachtsbaume, wer hat der Pflaume das erlaubt? Ich hör die Mama ganz leise lachen, denn solche Sachen macht sie gern. Ich glaub der Vater spielt nur Theater, der hat die Pflaume längst gesehn.«

»Auf die Lichter, die uns aufgehen«, sagte Karl, als sie das Lied beendet hatte. Zum Schluss war darin die Pflaume vom Bruder der Tante des Vaters gegessen worden, und das, obwohl, wie die Gastgeberin erklärte, sie hier in Irland weder Weihnachtsbäume geschweige denn Pflaumen hätten.

»Da kommen sie übrigens«, sagte sie und zeigte zum Fenster hinaus. Draußen, wo die Straße am Haus vorbeiführte, wackelten die Lichter von Taschenlampen.

Schritte und leises Murmeln waren zu hören. »Die Pilger. Es geht los.«

»Was?«, fragte Karl, der in den letzten Stunden völlig vergessen hatte, dass es diese Straße, dieses Draußen noch gab.

»Die Nacht in der Höhle. Wenn Sie mitwollen, müssten Sie jetzt los. Aber Ihre Sachen sind sicher noch nicht trocken.«

»Kein Bedarf«, sagte Karl. »Ich würde lieber noch ein echtes irisches Lied hören. Sie haben so eine wunderschöne Stimme.«

»Ach, das ist nichts. Sie müssten mal die anderen hören, wenn wir uns bei John im Pub unsere Duelle liefern. Aber wenn Sie mögen.«

Als der Zug der Pilger nur noch ein Gewirr kleiner Lichtpunkte auf dem Weg nach oben zur Höhle und schließlich ganz verschwunden war, nahm sie den letzten Schluck Bier, sang ihm Lieder vor. Das Feuer im Kamin glimmte schwach. »Ich bin müde«, sagte sie irgendwann.

Ja, ich auch.«

»Sie können auf der Couch übernachten, wenn Sie wollen.«

Es einfach annehmen, dachte Karl. Nicht gleich wieder alles auf die Todesliste der Ängste schicken. »Ist Ihrem Mann denn das recht?«

»Der kennt das«, unterbrach sie ihn. »Manchmal strandet hier der alte Sean Keen, wenn er zuviel intus hat und es nicht bis zu seinem Leuchtturm schafft.«

»Na schön«, sagte Karl. »Ist auch besser, als jetzt noch bis nach Fawnglass zu laufen. Da wundert sich womöglich Ihr Mann, wenn da plötzlich einer in seinem Hemd und seiner Hose aufkreuzt.«

Sie lachte. »Das wäre allerdings eine interessante Situation.« Sie brachte ihm ein paar Decken und ein Kopfkissen. »Gute Nacht, und träumen Sie was Schönes.«

»Danke für den bezaubernden Abend«, sagte Karl. »Und für die Kalenderweisheiten.«

»Wollen Sie noch eine auf den Weg?«

»Ich bitte darum.«

»Freunde zu finden ist leicht, sie zu verlieren schwer.«

»Jetzt fallen wir aber ab im Niveau«, sagte Karl.

»Es ist spät«, erwiderte sie. »Morgen wird's frischere Weisheiten geben.«

Karl lag auf der Couch im Fernsehzimmer, als ihn ein Geräusch weckte. Die Haustür knarrte, jemand polterte herein, schnaufte, stapfte mit schweren Schritten durchs Wohnzimmer und ließ sich in den Sessel beim Kamin fallen. Nach einer Weile setzte ein Schnarchen ein. Der Mann stöhnte. Draußen dämmerte es schon. Ans Wiedereinschlafen war nicht zu denken. Karl wühlte sich aus der Decke und spähte ins schummrige Zimmer nebenan. Er erkannte Richard, der schräg und mit dem Kopf auf der Brust im Sessel schlief. Was hatte der hier zu suchen? Der wohnte doch wohl nicht …? Nein, der musste sich in der Tür geirrt haben. Vielleicht auch vom Wetter überrascht worden. Sie hatte ihm, Karl, ja auch … Das kam öfter vor. Vorhin hatte sie den alten Sean Keen erwähnt, der hier manchmal unterschlüpfte, wenn er bei O'Malley mal wieder zu viel getankt hatte. Zu weit bis zu seinem Leuchtturm. Aber der knallte sich da einfach hin. Und wenn nun doch …? Blödsinn.

Karl schlich rüber zur Schlafzimmertür, die halboffen stand. Das Bett war leer, nur eine Seite aufgeschlagen.

Aber wo war sie? Getrieben von dem Gedanken, den er nicht zulassen wollte, schlüpfte Karl in seine feuchten Sachen, immer mit einem Ohr bei Richard. Vorsichtig tappte er zur Haustür. Das Quietschen der Klinke und das unvermeidliche Knarren der Tür weckten den Schlafenden nicht. Als Karl schon bei den Schuhen in der Glasveranda war, setzte Richards Atmung kurz aus. Auch Karl hielt unwillkürlich seinen Atem an. Schreckliche Sekunden der Ungewissheit verstrichen, dann schnappte Richard laut nach Luft, schmatzte und grummelte irgendwas von »noch ein Pint«.

Karl hielt es nicht länger aus. Ohne sich noch einmal umzudrehen, stolperte er in offenen Schuhen hinaus auf den Kiesweg vor dem Haus, vorbei an der Wäsche, die wieder auf der Leine hing, und rannte zur Küstenstraße hinunter. Ein Auto war schon unterwegs in Richtung Fawnglass. Karl streckte seine Hand raus. Der Fahrer stoppte und nahm ihn mit.

»Was machen Sie denn hier so früh?«, fragte der.

Karl faselte etwas vom frühen Vogel und klaren Kopf am Morgen und zeigte durch die Scheibe in die Landschaft.

»Und ich dachte, Sie hätten ein Gespenst gesehen«, sagte der Fahrer, musterte ihn kurz von der Seite. »Sie waren doch sicher in der Höhle, oder?« Karl blieb bei seiner Frühaufsteherversion, aber er spürte, dass ihm der Fahrer nicht glaubte. Der setzte ihn am Hafen ab und fuhr dann weiter in Richtung Capnagower.

Karl eilte ins Hotel, zog sich ein paar trockene Sachen an und lief zurück nach draußen. Im Pub brannte immer noch Licht. Die Tür war nicht verschlossen. Er betrat den Schankraum, vom Wirt nichts zu sehen. Einen Moment verharrte er am Tresen, unter dem die Kühlung leise surrte, dann ging er kurzentschlossen durch den Flur nach nebenan. John O'Malley, der Wirt, hielt Wache bei der Tür, brummte ein verschlafenes »Morgen!« Karl grüßte stumm, schob sich an ihm vorbei in den Raum. Da lag sie. Sie lächelte. Und nachdem Karl nicht mehr schwankte und sich auch das Brausen in seinem Kopf gelegt hatte, summte er das Lied, das sie ihm in der Nacht vorgesungen hatte.

»Am Weihnachtsbaume, da hängt ne Pflaume …« Seine Reise zu den Toten war zu Ende.

Hausfreund

In der Wohnung roch es nach abgebranntem Räucherwerk und verschüttetem Alkohol. Heute Morgen war alles sehr schnell gegangen. Einen Kaffee für jeden. Das war's. Ihre Tasse mit dem Lippenstiftrand sogar nur zur Hälfte ausgetrunken. Zwei Scheiben Toast steckten noch fertig geröstet im Toaster. Sie hatte mit der Milch gekleckert. Auf dem Boden glänzte ein winziger Milchsee.

Auf Socken betrat Tom das Wohnzimmer und zog die Vorhänge auf. Die Sommerbäume verdeckten die Sicht. Hier oben im vierten Stock würde ihn niemand sehen. Die Sektgläser klebten noch am Glastisch. Hinter dem Sofa lag ihre Unterwäsche, schmales und schimmerndes Zeug. Bordeauxrot. Tom stolperte über einen einzelnen hochhackigen Schuh, kickte ihn aus Versehen einen halben Meter unter den Couchtisch. Er bückte sich und legte den Schuh wieder an die Stelle, wo er gelegen hatte. Dabei entdeckte er den zweiten Schuh, eingeklemmt im Spalt zwischen Sofakante und Teppich. Zwei Augen funkelten ihn an. Die Katze lauerte unter dem Beistelltischchen, fauchte, rührte sich aber nicht. Blieb auch in ihrem offenen Versteck, als Tom mit hochrotem Kopf aufstand.

Im CD-Spieler steckte noch die Musik des vergangenen Abends. Lateinamerikanisches. Tom tanzte zwischen den Bildern an ihren Wänden. Führte sie entlang an mannshohen abstrakten Gebilden in kräftigen Farben. Ineinandergleitenden Formen, inmitten verspielter, fließender Geister. Trieb dahin, strömte davon, tauchte mit ihr in die aufschäumende Brandung. Kam als Treibgut mit Schwindel im Kopf wieder zu sich. Angespült von dem dunklen schmiegsamen Lied, das im hellen, zertanzten Vormittagsraum auf einmal unpassend klang und nicht länger auszuhalten war. Nach ein paar Takten stellte er das Gerät aus. Verschnaufte auf dem Sofa. Schräg über ihm eine Weltkarte, auf der Orte mit bunten Stecknadeln markiert waren. Sie hatte jeden Kontinent bereist. Besonders häufig Afrika und Südostasien. Das erklärte auch die Masken, Statuen und bunten Tücher überall. Und die kleine Vitrine neben dem Sofa mit der Schlangenhaut und seltsamen Zähnen. Kaum zu glauben, dass sie es schaffte, sich jeden Morgen in ihr Bürokostüm zu zwängen und ihre Schreibtischarbeit zu beginnen. Wenn sie im Hausflur die Treppe nahm, hörte er ihren kräftigen, klackernden Schritten nach und lächelte, bis es weh tat.

Er ging in die Küche und goss sich ein Glas Leitungswasser ein, setzte Teewasser auf, schnitt einen Apfel auf und das Brötchen aus seiner Jacke, bestrich es mit einer Messerspitze Butter und etwas Marmelade und frühstückte erst einmal in Ruhe. Schade, dass sie ihm jetzt keine Gesellschaft leisten konnte. Ihn anflirren und ihm die Stirn stempeln mit ihren frisch gefärbten Lippen. Sich auf seinen Schoß setzen, ihn mit ihren Haaren bedecken und ihm sagen, dass er Stellen an ihrem Körper kenne, die sonst keiner kannte. Ach, wie er ihre kleinen frechen Halblügen gerade jetzt doch nötig hatte. Vor dem späten Nachmittag würde sie nicht zurück sein. Sein Tag hingegen hielt nichts als die bekannten Wahrheiten bereit. Eine Glühbirne auswechseln. Eine Tür streichen. Ein bisschen also durfte und wollte er sich noch wegträumen, bevor er das von ihm benutzte Geschirr abwaschen, Fenster und Vorhänge wieder schließen würde.

Tom trank seinen Tee aus und verstaute die Apfelschalen in der Brötchentüte. Die Katze schlich um die Ecke, musterte ihn kurz und steuerte ihren Fressnapf an. Als sie nichts darin vorfand, schaute sie hoch und maunzte ihn an. In der Speisekammer fand er eine Schachtel Trockenfutter. Die Katze warf sich gegen sein Bein, stellte den Schwanz auf, folgte ihm wie an der Schnur gezogen zu ihrem Futterplatz. Er schüttete eine kleine Fuhre Trockenfutter in den Napf und stellte die Packung zurück ins Regal. Sah der Katze beim Fressen zu. Hin und wieder schaute sie ihn kauend von der Seite an. Es dauerte eine Weile, bis sie fertig war. Er füllte ein Schälchen mit Wasser, an dem sie aber nur nippte und sich schnell irgendwohin verzog.

Im Bad wusch er sich das Gesicht. Das tat gut. Auf dem Rand der Badewanne lag ein Einmalrasierer. Kleine schwarze Haare hatten sich im Ausguss gesammelt. Sie hatte sich rasiert vorher. Natürlich. Ein Handtuch war zu Boden gefallen. Er bückte sich und drückte es sich aufs Gesicht. Wasser tropft von ihrem Körper auf den Vorleger. Sie reibt sich ab, fährt mit dem Handtuch über ihre Brüste, die Arme, von den Füßen die Beine hoch. Wickelt den Kopf in den Handtuchturban. Cremt sich ein. Ihr Hintern bringt ihn um den Verstand. Er möchte seine Küsse über diesem Bauch abwerfen. Es duftet nach Limone und Indien.

Tom nahm das Handtuch vom Gesicht. Vom Spiegelschrank glotzte ihn das aufgeklebte Bild einer vielarmigen Göttin an, die von drei, vier Liebhabern gleichzeitig gehalten wurde und dabei doch alle für ihre

Lust dirigierte. Er putzte sich die Zähne und massierte sich den Haarkranz mit ihrer stachligen Bürste. Fuhr sich auch über den Nacken hinab ins Hemd. Seine Schultern verziert von ihren Fingernägeln. Der scharfe Geruch aus dem Katzenklo vertrieb das Bild.

Dass sie Muscheln und Steine sammelte, war ihm schon aufgefallen. Überall auf den Fensterbrettern lagen welche. Manchmal sogar dicke Brocken, die sie von irgendwoher mitgeschleppt hatte. Die Muscheln hingen zu einem Windspiel verflochten an einem Haken von der Decke. Es klimperte lustig, als er mit dem Finger entlangstrich. Er zog einen kleinen rötlichen Stein aus seiner Tasche und legte ihn zu den anderen auf das Fensterbrett. Den Stein trug er schon eine ganze Weile mit sich herum. Es war ein kreisrunder, grauer Handschmeichler, an dem er sich manchmal festhielt. Im Durcheinander ihrer Sammlung fiel er nicht weiter auf. Auch die Lücke nicht, die ein daumengroßer Vollmondstein hinterließ, den er sich stattdessen in die Tasche steckte.

Die Schlafzimmertür klemmte. Die Klinke war vom vielen Ziehen locker. Er öffnete sie, zögerte, hatte auf einmal weiche Knie. Die Vorhänge waren noch zugezogen. Der Raum in schummriges Rot getaucht. Tom schlich hinein, als schliefe sie noch, als könnte er sie erst noch einmal betrachten. Einen Kuss in den Traum schicken. Das winzige Lächeln, bevor sie die Augen aufschlägt. Er setzte sich auf das zerwühlte Bett, aß eine der übriggebliebenen Erdbeeren aus einem Schälchen. Sie war saftig und süß. Zerfloss auf seiner Zunge. Sie schmeckt nach ihr. Ihren Spitzen und Spalten. Er presst seine Zunge dagegen. Das Laken wird feucht. Färbt sich.

Sein Mund ist klebrig. Sie bittet und gurrt, hält seinen Kopf, will gegessen werden. Sie drängt sich gegen seine Zähne. Bäumt sich auf. Er ist randvoll von ihr.

Die Katze sprang aufs Bett. Er erschrak. Stieß mit dem Fuß gegen den Nachttisch. Er bekam die Lampe gerade noch zu fassen. Die Katze tastete sich über das Laken, machte es sich auf dem Kissen gemütlich, lag da mit lautlos klopfendem Schwanz. Er strich ihr über den Kopf und massierte ihr Bäuchlein. Sie schloss die Augen und schnurrte. Er packte sie vorsichtig am Kragen, setzte sie neben das Bett und gab ihr einen Schubser. Sie lief zur Tür und sah ihm zu, wie er das Kissen nahm und ihre Haare davon entfernte.

Unter dem Kissen kam ein schwarzes Seil zum Vorschein, das um den Bettpfosten gewunden war. Sie mag es, gefesselt zu werden. Die Hände an die Unterschenkel oder auch die Tür. Noch mehr mag sie es aber, ihn zu fesseln. Hände und Füße. Die Augen mit einem Tuch verdunkelt. Nur mit den Fingerspitzen quälen. Er spielte mit den losen Enden, wickelte sie um sein Handgelenk, probierte einen Knoten, zog das Seil straff, löste es wieder, als seine Hand zu kribbeln anfing. Er sprühte sich ihr Parfüm aus einem Flacon aufs gerötete Handgelenk. Sie schreitet durchs Zimmer, nennt ihn einen süßen Schinder. Lässt ihn knien und beben und gibt ihm ihre Zehen zum Kosten. Hält sich an der Stuhllehne fest, bückt sich. Verbietet ihm, sie zu berühren. Macht ihn rasend. Bis er sie packt.

Plötzlich klingelte das Telefon. Im Spiegel über dem Bett sah er in sein unrasiertes Gesicht. Sein Hemd spannte. Er schwitzte. Er glättete den idiotischen Haarwirbel am Hinterkopf. Nach dem vierten Klingeln sprang der Anrufbeantworter an. Eine Männerstimme, die »Hallo Süße!« sagte. »Der Abend, die Nacht« sagte.

»Kann mich gar nicht auf die Arbeit konzentrieren«, sagte. Tom bekam auf einmal keine Luft mehr. Und wohin war die Katze verschwunden?

Während die Stimme aus dem Lautsprecher schnarrte, suchte er das Schlafzimmer nach der Katze ab. Die durfte nicht hier sein. Er entdeckte sie ganz hinten unter dem Bett. Sie fauchte, als er näherkam. Seine Hand bekam etwas Längliches, Genopptes zu fassen. Er nahm es und stocherte damit nach der Katze. Die schlug ihre Krallen hinein, verfing sich darin. Er zog sie unter dem Bett vor und gab ihr einen Tritt. In der Hand einen Maiskolben aus Gummi. Einen Moment lang hielt er das täuschend echte Gemüse in die Luft. Wusste nicht, ob er lachen oder sich wieder auf das Bild einlassen sollte, das schon wieder in ihm aufwirbeln wollte. Bis er sah, dass der Kolben einen Kratzer abbekommen hatte. Ein winziges Stückchen Gummi stand vom Schaft ab. Er riss es vorsichtig ab, knetete die Stelle so gut es ging platt. Plötzlich fing das Teil an zu vibrieren. Ein Knopf war nicht zu finden. Er tastete und drückte die Maiszähnchen ab. Davon vibrierte und brummte es noch stärker. Irgendwann bekam er das Ding ruhig und schob es wieder unter das Bett. Die Stimme schmachtete noch eine Weile weiter, bis sie vom Piepton des Anrufbeantworters abgeschnitten wurde. Er ging ins Wohnzimmer zurück, schloss die Schlafzimmertür hinter sich und starrte auf das rot flackernde Licht der Maschine. Die Katze lag beleidigt auf dem Sofa und leckte sich die Pfoten.

Unten vor dem Haus fuhr die Müllabfuhr vor. Er schloss das Fenster, zog die Vorhänge zu und beseitigte seine Spuren in der Küche. Die Brötchentüte mit den Apfelschalen verstaute er in seiner Jacke und zog sich die Schuhe an. Lief in den Flur, hielt sein Ohr an die Eingangstür und prüfte die Lage durch den Spion. Als ihm alles ungefährlich vorkam, öffnete er sie, trat schnell aus der Wohnung und zog die Tür zu. Von unten waren Stimmen zu hören. Der Briefträger. »Einschreiben«, hörte er ihn sagen. Er fingerte den Schlüssel aus der Tasche und steckte ihn so leise wie möglich ins Schloss. Drehte zweimal herum. War sich aber plötzlich nicht mehr sicher, ob sie nicht nur einmal verriegelt hatte. Sein Herz pumpte. »Wiedersehen!« sagte der Briefträger. Eine Tür war zu hören, dann Schritte, die heraufkamen. Er schlich die Treppen hoch, die zum Dachboden führten. Hielt den Atem an. Wartete ab. Der Briefträger schnaufte. Klingelte bei ihr. Tom hustete zum Schein und lief die Treppe hinab.

»Dachfenster kaputt.«

»Der Briefträger klingelte erneut. »Nehmen Sie mir das Päckchen für Frau Schönsee ab?«

»Sicher. Geben Sie her.«

Der Briefträger hielt ihm einen Zettel zur Unterschrift hin. »Kann sie ja eigentlich froh sein, in nem Haus zu wohnen, wo sich jemand immer gleich um alles kümmert«, sagte er. »Was meinen Sie, was ich sonst in den Häusern zu hören bekomme. Bis da mal ne Glühbirne ausgewechselt wird.«

Tom kritzelte eine halbe Unterschrift auf das Papier. Der Zusteller übergab ihm das Päckchen. Sie stiegen die Treppen hinunter. Glühbirnen, dachte Tom. Erstmal die Glühbirnen wechseln.

Der Zeuge

In meinem Kopf wirbelte alles durcheinander. Das mussten Plünderungen sein. Als sie begannen, war es noch einmal herrlich still. Das Hupen der Autos setzte aus, ein Luftzug strich über meine Lippen, dann brach mit schrecklichem Knall die erste Scheibe oder was das war, und die Menge, die sich vermutlich vor dem Supermarkt um die Ecke versammelt hatte, heulte auf im Rausch.

Den ersten Toten sah ich am Abend. Es dämmerte schon. Er lag mitten auf der Straße zwischen kreuz und quer stehenden, rauchenden Autos. Irgendwo war ein Schuss zu hören, auf den weitere folgten. Rauchbomben. Alles weit weg. Irgendwo hinten im Kopf. Durch den Nebel lief ein Mann über den Platz. Zerzaustes Haar, der Mantel zu groß, ein alter Mann, die Schlafanzughose drunter. Er duckte sich in einen Hauseingang, zündete sich eine Zigarette an und paffte gierig.

In der Nacht lag ich wach. Draußen brannten Müllcontainer, stritten und schrien sich welche fast zu Tode. Ein Hund bellte dazwischen. Unter mir in der Wohnung Stimmen und Gepolter. Männerbefehle. Die Nachbarin stöhnte um ihr Leben. Ich tastete mich durch das schwarze Zimmer, verkroch mich im Schrank. Als niemand zu mir hochkam, legte ich mich auf die Fliesen in der Küche und hörte den Rohren zu. Ab und zu flüsterte etwas darin. Danach blieben sie die ganze Nacht stumm. Und ich wagte nicht, den Hahn aufzudrehen und mir ein Glas Wasser einzugießen.

Am Morgen grölten welche im Hausflur. Rollten die Müllcontainer durcheinander. Warfen die Flaschentonne um. Schrien irgendwas zu den Fenstern hoch. Ich hielt mich am Boden hinter den Stuhlbeinen.

Mittags brannte die Sonne durchs Küchenfenster. Ich wischte das Wasser vom abgetauten Kühlschrank auf, warf die Fischstäbchen in einen grauen Sack. Der Käse, den ich mir auf mein Brot legte, schwitzte und bog sich am Rand. Mir war schwindlig. Als es an der Tür klopfte, bekam ich keine Luft mehr. Sie brachen die Tür auf. Stießen die Möbel um. Schwärmten wie kugelsichere Geister durch die Wohnung. Sie sagten, die Nachbarin hätte sie verständigt. Ich sei die ganze Nacht in der Wohnung herumgelaufen. Als ich von den Plünderungen erzählte, dem Toten und dem verdächtigen Alten im Schlafanzug, nickten sie und nahmen mich mit.

Seitdem bin ich hier am Ende der Welt. In einem Raum mit durchsichtigen Wänden. Dahinter sitzen sie und notieren jede meiner Bewegungen. Alle Stunde fragen sie mich dasselbe. Was ich genau gesehen, gehört und vor allem getan habe. Aber das Wiederholen der Beobachtungen und das Beharren darauf, nur am Fenster gestanden, im Schrank gezittert und auf dem Küchenboden geschlafen zu haben, ändert nichts. Noch hoffe ich, dass das alles bloß ein Traum ist, wie ich ihn früher manchmal träumte. Von Flugzeugen, die Krieg an den Himmel schreiben.

Aber ich mache mir wohl etwas vor, denn die Tage und Nächte vergehen ohne Ende. Und heute Morgen stehen sogar meine Eltern hinter der Scheibe und winken, als seien sie nicht gestorben. Durch den Lautsprecher höre ich ihre Aufmunterungen: »Junge, sag doch endlich, was du gesehen, gehört und getan hast.« Und weil ich auch nicht weiter weiß und nichts zu verlieren habe, erzähle ich vom erstbesten Gedanken, der aus den Trümmern aufsteigt.

Von ihren Streitereien, der Trennung, meinem Zerschnittenwerden, dem Hin- und Hergependel als Siebenjähriger. Alles doppelt vorhanden. Das Bett, der Stuhl, der Schrank. Wie für einen Zwillingsbruder. Bis ich irgendwann anfing, ihn mir vorzustellen, an ihn zu glauben, ja ganz sicher war, dass er existiert. In mir. Der dunkle Bruder, der mir Dunkles einredete. Alles ewig her. Aber als ich auf den Versuch zu sprechen komme, ihn loszuwerden, ihn mir rauszuschneiden, weil er für alles verantwortlich ist, was sie mir vorwerfen, lächeln sie hilflos und gehen.

Hinter der Scheibe notieren sie eifrig. »Die erste Hürde genommen«, heißt es. Medikamente angenommen. Doch dann beginnt die Fragerei wieder von vorne. Ich sage: Knall, Nebel, Plünderungen, der Tote, der Mann im viel zu großen Mantel, die Nachbarin.

»Aha! Erzählen Sie weiter!« Das Schlagen und Klopfen.

»Was wissen Sie über den Krieg?«, fragen sie scharf. »Ich sehe ihn kommen und kann nichts tun«, sage ich. »Wie sieht er aus?«, fragen sie. »Wie ein Stück Kuchen, das ich essen muss, weil meine Mutter sonst keine Ruhe gibt.« Da nicken sie wieder und legen mir eine alte Freundin ins Bett, die fast einmal die Mutter meines Kindes geworden wäre. »Ich träume jede Nacht von Dir«, sagt sie. Ihre Stimme ist feucht und vergurgelt, als ob sie unter Wasser spricht. »Vielleicht lade ich mir die Stopp-Atme-Denke-App herunter. Die Fünf-Minuten-Meditationen wirken Wunder. Solltest Du auch mal versuchen.«

Dass sie an Krebs gestorben ist, interessiert hier niemanden. Eher schon, wie sehr ich sie mit meiner Sehnsucht nach der Frau mit dem Brunnenblick quälte. Frau Bu. Mit einem Bett, in dem ich endlich aufblühen, sprechen und mich zeigen konnte. »Es ist sinnlos, mit seinem Schwanz die Tiefe der Brunnen ausloten zu wollen«, sage ich leise. Aus den Lautsprechern brummt es rhythmisch. Lachen die Schweine etwa? Die tote Freundin steht auf, bedankt sich und verwandelt den Raum in eine Kammer voller Maschinen. Altertümliche, abgetakelte Monster, die Neid und Angst zu Schlagzeilen hämmern. Ich halte mir die Ohren zu, schreie die Maschinen an: »Ja, verdammt, ich hab am Geld Gefallen gefunden und den Krieg schöngeschrieben.« Da schweigt das eiserne Vieh, die Rechner in den vier Ecken, die alles überwachen, blinken Wartezeichen. Irgendwo auf der anderen Seite hören sie mir zu. »Als ich arm war, kannte ich keine Angst«, sage ich. »Erst als das Gold durch meine Adern floss, holte sie mich. Trieb mich vor sich her. Wisst ihr überhaupt, wie schwer es ist, nicht zu lügen? Wer seid ihr?« Die Maschine springt wieder an und spuckt die Schlagzeile aus: Du bist das Salz in deiner Wunde. »Spruchsalven und Juxraketen, ihr Arschlöcher!«, rufe ich in den druckergeschwärzten Raum. Sie schieben ein Türchen auf zu einem gekachelten Gang. Alles schreit in meinem Kopf. Falle, Falle, Falle. Aber ich muss hinein. Ich bin die Ratte in ihrem Versuch. Entweder ich finde den Knopf oder ich verdurste.

Die Dusche beruhigt mich. Ich halte mein Gesicht in den breiten Strahl. Die Wut fließt ab. Ich werde schwer vom Wasser. Das Handtuch riecht nach alten Kartoffeln. Die Kleider am Haken gehören mir nicht, obwohl sie wie für mich gemacht scheinen. Das immergleiche Hemd, in das ich mich verkriechen kann. Die feige, faulgesessene Hose. Ich bin zu müde, um nackt zu bleiben. Aber ich will auch nicht in ihre Gönnerkluft.

»Was wollt ihr von mir? Ich weiß nichts«, spreche ich in den Spiegel, hinter dem ich meine Abergeister vermute.

»Mir ist kalt.« Ich lache. »Ich erkälte mich noch.«

Über den Spiegel gleitet eine leuchtende Laufschrift von links nach rechts: Geben Sie bitte einen Suchbegriff ein! Ich wundere mich, warum sie auf Lautsprecheransagen verzichten und mich sogar um etwas bitten. Dass immer noch die gleichen Typen auf meine Antwort warten, die mich hier festhalten, schließe ich aus der kleinen digitalen Zahlenanzeige, die von 60 abwärts läuft. Ich hab große Lust, es einfach drauf ankommen zu lassen. Durch den Spiegel in ihre Fressen zu schlagen. Aber bereits bei 48 beginnt es in meinem Kopf zu rotieren. Suchbegriff. Schlüsselwort. Sesam öffne dich.

Ich bin nur ihre Ratte, die den Weg raus hier sucht, in das alte Leben, den Sommer, bevor mir die Worte ausfielen und die Plünderungen begannen. 32 Sekunden. Ein Wort, ein Zauberwort und ich bin hier raus. 24 … Bestimmt. 19 … Oder wenigstens ein Türchen weiter in diesem Versuch … 13 … Aber alles leer, leer. Die Worte, mit denen ich sonst die Welt beherrscht habe, bleiben aus. Zehn, neun, acht. Ich berühre die Zahl auf dem Spiegel. Die Anzeige steht. Sieben.

Ich warte. Ich friere nun wirklich. Als ich die frische Wäsche vom Haken nehme, stehe ich plötzlich in Anzug und blanken Schuhen vor Kameras und einem Gebüsch aus Mikrofonen. Das Licht blendet, es ist heiß im Saal.

Die Menschen vibrieren. Aber ich sehe nur Schemen. Ich schwanke. »Wie kritisch sehen Sie die Lage?«, fragt einer aus der grellen Wolke. »Sie waren doch dabei, als es losging.« Schrank, will ich sagen. Nur im Schrank verkrochen. Nichts gesehen. Nur gehört. Schüsse weit weg, will ich sagen. Kenne mich nicht aus mit sowas, will ich sagen. »Wer leben will, wird leben«, sage ich stattdessen völlig ruhig und überzeugt davon, dass das, was ich denke, fühle und sage, absolut richtig ist. Für mich und für alle. Im Saal wird es schwarz vor Stille. Ein Satz für die Ewigkeit. Tatsächlich, sie hören auf mich. Ich lasse mir nichts anmerken. Ich bin wer. Ich wachse. Ich winke. »Danke!« Abgang. Jetzt die Sekunden der Verwirrung zur Flucht nutzen. Da bricht das Lichtgewitter los. Mächtige Eisen drücken auf meine Brust, pressen mir das Blut ins Gehirn. Meine Ohren leuchten im Donner. »Wir haben ihn!«, rufen sie. Über mir schaukeln ihre Fratzen. Dazwischen meine Wohnzimmerlampe. Und im Strahlenkranz der Glühbirnen der Kopf meiner Nachbarin. Verwirrtes, verliebtes Haar. Himmel, sie lebt. Ich bin nicht sicher, ob sie mein Schwitzen und schiefes Lächeln richtig deutet. Ich kann nicht sprechen. Da ist plötzlich ein Ziehen an meiner Zunge. Ich zwinkere ihr zu. Ihr Lippenstift ist verschmiert. Mein Hemd ist zerrissen. Warum weint sie denn? Die Kerle nehmen die Eisen von meiner Brust, packen mich und tragen mich durch den Raum. Geht jetzt wieder alles von vorne los? Im Fenster blauer Himmel. Ein Flugzeug. »Ich hab den Krieg nicht gewollt«, murmle ich, aber sie verstehen mich nicht. Und jetzt erkenne ich, dass es eine Passagiermaschine ist. Sie hieven mich die Treppe hinunter. Im Hausflur riecht es nach Essen. Pfeift der Briefträger. Vor dem Haus parkt sein Rad. Friedlich. Ich werde in eine Blaulichtkammer geschoben. Vollgas. Sie drehen auf. Sie haben mich. Ich bin nicht sicher, ob das wirklich Schüsse waren. Ich weiß doch gar nicht, wie sich Krieg anhört. Sie reagieren nicht auf mein Gestammel.

Wieder lande ich in einem Raum mit durchsichtigen Wänden. Dahinter laufen sie hin und her. Bis so ein Hagerer mit Brille, einer aus der Generation Sohn, mit einem digitalen Schreibtäfelchen auf der Hand kommt und mich anlächelt. »Wie fühlen Sie sich?«, fragt er. Jetzt also die freundliche Tour. Ich spitze die Lippen.

»An was können Sie sich erinnern?« In meinem Kopf tauchen die kalten Küchenfliesen auf. Fischstäbchen, die Sonne auf dem schwitzenden Käse. »Ich hab die Toten gesehen«, sage ich heiser. Meine Stimme ist zurück. Der Sohn nickt und tippt auf dem Täfelchen herum. »Wir haben Sie noch rechtzeitig gefunden. Frau Stoll, Ihre Nachbarin …« »Haben Sie die Schweine gefasst?« Ich bringe die Schläuche und Stecker, die zu mir führen, zum Schaukeln. »Beruhigen Sie sich!«, sagt der Sohn.

»Alles in Ordnung. Schlafen Sie sich erst einmal gründlich aus. Ich schaue später wieder nach Ihnen.« Er geht zur Glaswand. Sie öffnet sich mit leisem Zischen.

»Lassen Sie meine Eltern aus dem Spiel«, sage ich. »Und die anderen Mätzchen.« Er dreht sich zu mir um, ich sehe, wie es in seinem Kopf arbeitet. Dann lächelt er sein Sohn-Lächeln.

Willkommen zurück

Mein Status als Osterei meldet: Noch kein Durchbruch auf die andere Seite. Ich bin noch zwischen Wänden, wo die Lichtschalter nachts in bunten Farben leuchten. Es hilft kein Schreien und kein Rumoren. Der andere neben mir hat es auch probiert. Abwechselnd liegen wir Wache. Dafür schreien sie, wenn ich unter mich mache. Als ob ich mir das so wünschen würde. Aber ich komme nicht an die Klingel, und das verdammte Plastikding ist mir irgendwohin gefallen. Wenn ich erst wieder selbst zur Toilette komme, dann blüht ihnen was. M ruft täglich hier an und will wissen, ob ich auch meine Verbesserungsküchlein esse. Ich lasse ihr ausrichten, dass ich hier nichts von dem auslasse, was sie für mich eingerichtet hat. Wenn erst meine Füße nicht mehr geschwollen sind, rufe ich zurück. M wird dann erst richtig hellhörig. Sich nichts gefallen lassen, lässt sie mir ausrichten. Da lachen die Wände und der Nachbar blökt: Ruhe im Karton. Recht hat er. Wenn wir schon von oben offen sind und sie unsere Ostereier nach Belieben öffnen und fluten, dann wenigstens ohne Anweisungen von draußen. M weiß schon, wie sie durchdringt. Im Zweifelsfall schickt sie mir B auf den Hals. B wie Berichterstatter. B wie Bruder. Ob und wie ich lebe, kann M nicht egal sein. Das war schon immer so und ist eigentlich auch natürlich. M wie Mutter. Aus meiner Geburt hat sie Rechte abgeleitet, die lebenslang gelten, auch über meinen Tod hier hinaus. B erfährt nichts von mir. Der hält Ostereier für witzige Einrichtungen. Dabei sehe ich ihm an, dass ihm der Anblick meiner Fastleiche unangenehm ist. Soll sich mal selbst fragen, was an ihm noch er selbst ist. Ständig auf der Flucht, der Käsevertreter. Wundert sich über die Wände und meine Füße. Ich lasse ihn zappeln mit seinen Fragen. Die Hundeaugen kann er behalten. Für den Osterhasenkalender. Erstmal ist Weihnachten dran. Völlig irre, jetzt an Weihnachten zu denken. Aber ich habe mir das nicht ausgedacht. Die Dekoration im Laufrad. Wenn ich da erst wieder drin bin, wird M vor Freude weinen. M wie Mörder lässt mir zur Belohnung neue Schlafanzüge anfertigen. Die klingeln, wenn ich mich auf eigene Faust bewege. B wie Berichterstatter findet das komisch. Sowas tragen doch nur Schafe, sagt er und trinkt mir mein Wasser weg. Warum geht der nicht endlich und pisst in seine eigene Toilette. Ich bin doch hier kein öffentliches Pissoir. Aufheitern nennt er das. Mich mit alten Brillen zu versorgen. Die sind vom vorigen Jahr. Kannst du nicht lesen? M, die schon fast blind vor Neugier ist, ruft ihn alle fünf Minuten an. Er täuscht keinen Empfang vor. Aber M weiß, dass er das nicht ewig durchhält. Immerhin hält er dicht. Was er wirklich denkt, erfährt niemand, nicht einmal M. Er weiß, dass die Wände leben und es hinter ihnen knistert. Früher jedenfalls, als wir noch ein Zimmer teilten. Bis morgen also Berichterstatter oder willst du noch sehen, ob ich meine Verbesserungsküchlein esse?

Wie klingt das Paddel, das Du nachts durchs Wasser ziehst

Johnson grub und grub. Inzwischen war das Loch draußen vor der Stadt tief genug und er begann mit dem Tunnel. Was er dazu brauchte, hatte er sich besorgt. Das meiste von Baustellen gestohlen. Lampen, Leitern, Holzbalken. Eine Pumpe, die das Wasser aus dem Tunnel beförderte, einen kleinen Stromgenerator, Schaufel, Spitzhacke. Verbandskasten. Bier gegen die Schmerzen.

Seine Hände brannten. Überall klebte der Dreck an ihm fest. Die Erde schmeckte säuerlich und knirschte im Mund. Er stand im Morast und schlug auf die Dunkelheit ein. Manchmal traf er eine Baumwurzel, obwohl es in der Nähe des Lochs gar keine Bäume gab. Bloß ein paar Büsche. Im Funzellicht ähnelten die Wurzelteile zerschlagenen Knochen. Er schleppte die Erde nach oben und auf einen Haufen. Zwischendurch pumpte er immer mal Wasser in einen Eimer und entleerte ihn in den Plastiktank auf seinem Pick-up.

Am Anfang wusste er noch, warum er zu graben begonnen hatte. Irgendwann gab es nur noch diesen dunklen Impuls, der ihn trieb und den Satz eines Polizisten in einem Zeitungsartikel: Es ist nicht verboten ein Loch zu graben. In dem Bericht ging es um einen Mann, der in seinem Garten nach einem Schatz suchte. Und um die Nachbarn, die sich von den Erdarbeiten gestört fühlten. Johnson hatte seinen Platz beim Herumfahren entdeckt. Weit und breit kein Haus. Kein Schatz und keine Neugier. Nur ein paar verlorene Büsche, hinter denen er den Pick-up parkte.

Am Ende jeder Schicht schaufelte er die Erde auf den Wagen und verteilte die Fracht unauffällig an verschiedenen Orten der Stadt. Ab und zu wunderte sich jemand, weil auf Kinderspielplätzen, auf Sportanlagen oder auf Friedhöfen Erdschichten auftauchten, die dort nicht hingehörten. Aber es blieb bei harmlosen Artikeln in der lokalen Presse über nächtliche Kobolde, die weiter keinen Schaden anrichteten. Johnson deckte das Loch sehr geschickt mit Brettern und einem eigens gefertigten Geflecht aus Blättern und Stöcken ab. Wenn er, ausgedörrt vom Bier, verkrustet und mit schweren Armen in seine Bude zurückkam, Schlamm bis in die Stiefelspitzen, nahm er nur noch die Werbepost aus dem Kasten, überflog die Angebote und warf sie auf den Haufen vor dem Kamin. Brach mit Sonnenuntergang wieder auf.

Nach einigen Wochen verfügte der Tunnel über eine kleine Vorratskammer und führte bereits zehn Meter in Richtung Süden. Nach drei Monaten gab Johnson das ohnehin von allen guten Geistern verlassene Haus auf und zog ganz in den Tunnel. Nur mit einem Stuhl und einem Tisch. Brachte Möbel, Kleider und das Geschirr zum Sperrmüll. Einen Umschlag mit Familienfotos schickte er an seine Eltern. Übrig blieben ein Rucksack mit dem Nötigsten und ein paar Habseligkeiten. Relikte aus einer Zeit, in der es sogar Küsse und Eiscreme gegeben haben musste. Eine Sternenkarte zum Beispiel, die im Dunkeln leuchtete. Eine kleine Bronzefigur, die einen Siegerkranz im ausgestreckten Arm hielt und einen Stein, mit dem er als Kind immer gesprochen hatte. Manchmal kamen ihm diese Dinge wie Artefakte eines einst strahlenden Kultes vor, dessen Bedeutung und Rituale niemand mehr verstand.

Bis zum Winter wollte er weiter graben. Danach neu entscheiden. So lange sollten auch die drei Sätze gelten. Erstens: Stell Dir nur die Zukunft vor, nie die Vergangenheit. Zweitens: Versuche nicht, Gesichter ins Gedächtnis zu rufen. Drittens: Behandle Gespenster wie Gäste. So oder so ähnlich stand es in dem Buch, das er gelesen hatte, als er noch Bücher las. Die Geschichte einer vergeblichen Liebe. Der Terror einer Idee. Raketenschwüre über Ozeane hinweg. Stimmen aus Unterseebooten. Und Soldaten, die Gedichte in den Schlamm pissten. Danach hatte Johnson sich als untauglich erkannt für Nachrichten, Konsum und Glücksversprechen und mit der Suche nach dem Ort für seine Schlacht begonnen.

Manchmal, nach einer Nacht voller Steine, saß er morgens zerschunden und ausgeblichen vor dem Loch in der Sonne, durstig nach Licht. Streckte sich wie ein Kormoran und trocknete seine Seele. Es war ein gefährliches Sitzen und Strecken, dem er nicht allzu lange nachgeben durfte. Denn schon bald flüsterte ihm die blaue Luft das Aufgeben vor. Ein duftendes Bett, warme Stimmen und sauberes Essen.

Stelle Dir nie die Vergangenheit vor, nur die Zukunft. Mitunter brach beim Graben ein Stück des Tunnels ein, aber immer wieder bekam er die Lage in den Griff und verlor so mit jedem Tag die Angst, lebendig begraben zu werden. Und obwohl der Kampf gegen das beständig einsickernde Wasser Johnson alles abverlangte, fühlte er sich doch mehr und mehr wie ein Wesen, das in dieser Welt zu Hause war. Wenn er die Dunkelheit aushöhlte, sich vorwärts wühlte in den groben Leib der Erde, spürte er, wie sich sein Körper an die neue Welt anpasste. Seine

Hände glichen Pranken, die es schon mal ohne Hilfsmittel mit dem Erdreich aufnahmen, sein Hals verschwand zwischen breiten Schultern und irgendwann kam er in der Dunkelheit ganz ohne Licht zurecht. Fiepte und schnalzte sich seinen Weg. Wenn Wasser tropfte, Würmer schmatzten, Mäuse über ihm flitzten oder eine andere Kreatur, vermutlich ein Maulwurf, irgendwo scharrte und robbte, lächelte er und legte das Ohr an die Wand, um ihn zu orten und ihm nicht in die Quere zu kommen.

Was ihm zusetzte, waren die Aktivitäten der Stadt. Das dumpfe Brummen und gelegentliche Wummern weit entfernt. Die Fata Morgana eines belebten Platzes. Schritte, Lachen, Blicke. Namen. Sonja. Es war gefährlich, sich Menschen herbeizuträumen. Plötzlich stand einer in der Dunkelheit und stellte Fragen. Was hast Du vor? Wie lange willst Du noch so weitermachen? Wer kann so einen wie dich lieben? Genauso war es dem unheilbar Verwundeten in dem Buch gegangen.

Versuche nicht, Gesichter ins Gedächtnis zu rufen. Ihn quälte der Gedanke, dass er nur das nachlebte, was ihm andere vorgelebt hatten. Arbeitswege, Frauenbeziehungen, Reiseziele. Essgewohnheiten, Glücksmodelle. Selbst dieses Graben war nur eine Nachahmungstat, auch wenn sich vermutlich niemand daran erinnerte. Vor Jahren war ein rätselhafter Tunnel am Stadtrand von Toronto entdeckt worden und hatte nichts als Fragen hinterlassen. Wurde eine Straftat geplant? Bestand eine Gefahr für die Öffentlichkeit? Steckte eine Weltuntergangssekte dahinter? Diente es zur Lagerung von Drogen oder Diebesgut? Die Vorstellung, dass auch ihm diese Fragen blühten, machte ihn wütend. Erinnerte ihn aber auch an das Warum seines Aufbruchs. Er wollte etwas

Neues schaffen. Etwas Einmaliges. Etwas, das alle Fragen löschte. Oder bessere aufbrachte.

Wie klingt das Paddel, das Du nachts durchs Wasser ziehst?

Es lag nicht am Regen, der eines Tages einsetzte und nicht mehr aufhören wollte, weswegen er plötzlich himmelwärts grub und da und dort an der Oberfläche auftauchte. Auch dass seine Vorräte zur Neige gingen, hatte nichts mit diesem Richtungswechsel zu tun. Johnson dachte daran, dass Maulwürfe sich auf diese Weise nicht nur Sauerstoff verschafften, sondern hauptsächlich Partner zur Fortpflanzung suchten. Dieser Gedanke trieb ihn an. Den Regen nahm er in Kauf. Die Erdhaufen fuhr er nicht mehr ab. Er war ja jetzt auch so etwas wie ein Maulwurf, der Luft- und Liebeslöcher aus der Wiese in den Himmel stieß.

Behandle Gespenster wie Gäste.

Zuerst fiel von oben ein Fußball herab. Tippte auf, rollte ins Dunkle und blieb im feuchten Untergrund liegen. Ein Junge rief: »Hallo, ist da einer? Kann ich meinen Ball wiederhaben?«

Dann erschien der Junge in Öljacke und Gummistiefeln. Er tastete sich vorsichtig die Leiter hinab. Lugte ängstlich in den Tunnel. Lauschte. »Hab keine Angst!« sagte Johnson. »Ich tue Dir nichts. Er liegt gleich neben der Leiter an der Wand.«

Der Junge erreichte die letzte Sprosse, starrte mit aufgerissenen Augen in Johnsons Richtung, hielt die Leiter fest umklammert. »Hallo, ist da einer?« wiederholte er zaghaft.

»Es ist schön, dass ich endlich einmal Besuch bekomme. Möchtest Du etwas Warmes trinken? Es gibt aber nur Wasser. Ich bin Johnson. Ich arbeite hier.«

Der Junge fing an zu summen, sprang in den Gang, schnappte sich seinen Ball, hetzte die Leiter hoch und war verschwunden. Johnson stieg ihm hinterher. Hörte die verregnete Landschaft ab. Kein Fahrrad, kein Auto. Kein Junge mit Ball. Was er wohl von ihm gewollt hatte? Der Regen tropfte ihm durch Augen, das Gesicht, floss durch ihn hindurch zurück in die Erde.

Nervenkostüm

»Leukozythen 4,8. Lymphozythen bei 25%. Hämoglobin 15,1«

Diese Stimme. Wie ein Surren. Ein elektrisches Feld. Ganz leise. Wahrscheinlich damit niemand glaubte, es mit einem Menschen oder gar einem Freund zu tun zu haben. So dicht. So nah. »Bist du so weit, Rafid?«, fragte Molitor. »Mir knurrt der Magen.« Der Sommer brachte die weißen Vorhänge zum Leuchten. Er zog sie beiseite. Öffnete das Fenster. Grün vor Blau. Ein Morgen wie ein Klischee.

»Natrium, Kalium, Magnesium. Status ausreichend. Wünschen Sie die Vitaminpegelstände, Herr Max?«

»Lass gut sein«, sagte Molitor. Dieses ›Herr Max‹ erinnerte ihn an die polnischen Pflegerinnen, die seine Mutter in den letzten Lebensjahren betreut hatten. Da hieß es auch immer Frau Barbara. Sollte wohl eine Mischung aus Respekt und professioneller Nähe sein.

»Kurzes Programm heute«, sagte Molitor. »Der Zucker ist das Wichtigste. Ich muss jetzt unbedingt was essen.«

»Blutzucker bei 150«, schnarrte die Stimme, die von irgendwo gesendet und von einem unscheinbaren Knopf hinter Molitors Ohr empfangen wurde. »Wohl das Stück Schokolade gestern beim Fernsehen. Entsprechende Dosierung Insulin wurde veranlasst.«

»Danke, sehr schön, Rafid. Dann bin ich beruhigt.« Rafid. Wer denkt sich diese Produktnamen aus? Raffiniert. Fit. Gesund und schlau. Sowas wird wohl die Idee dahinter sein, dachte Molitor.

»Moment bitte. Puls 65. Blutdruck 110 zu 70. Beta-Wellen bei 10. Sehr wach ist das nicht.«

Molitor goss sich Kaffee ein. Warf zwei Scheiben Weißbrot in den Toaster. Er gähnte. »Wird schon.« Molitor stellte die Playlist an. Die 80er. Fette Aufwachgitarren. It's early morning, the sun comes out. Last night was shaking and pretty loud.

»Wie spät ist es? Schon nach neun. Mist, ich wollte doch schon längst beim Einkaufen sein. Also schnell was einpfeifen und dann los.«

My cat is purring, it scratches my skin. So what is wrong with another sin?

»Bitte ausreichend trinken. Der Natriumwert lag nur knapp über dem Grenzwert.«

»Jetzt schalt mal nen Gang runter«, sagte Molitor mit vollem Mund. »Ich kann mir sowieso nicht alles merken.«

»Dazu bin ich da. Darauf haben Sie Garantie, Herr Max.«

»Nervensäge. Wie lange hab ich dich jetzt?« Er nahm einen Schluck Kaffee und sang die nächste Zeile, seine Lieblingsstelle, laut mit. »The bitch is hungry, she needs to tell. So give her inches and feed her well.« Oh Mann, wenn das die Komitees für toxische Männlichkeit wüssten.

»Kassenbeleg vom 16. August, 18 Uhr 12.«

»Sechs Tage erst? Kommt mir länger vor.«

Molitor lief ins Bad. Die Musik nahm er mit. »Here I am, rock you like a hurricane«, sang er sein Gegenüber im Spiegel an und lachte. Er hatte eindeutig mehr Haare und sah zum Glück besser aus als dieser Sänger, der schon seit Jahren seine Glatze mit einer Mütze kaschierte und auf endloser Abschiedstour war. Alter weißer Mann.

»The night is calling. I have to go. The wolf is hungry, he runs the show.«

»Puls 71. Moment! Ich hänge hinten noch aus ihrer Hose. Warum so eilig, Herr Max?«

»Besuch. On the hunt tonight for love at first sting.«

»Um wen handelt es sich?«

»Hast du doch mitbekommen. Bei Puls 120.« Molitor trug Rasierschaum auf und rasierte sich zügig.

»Welche 120? Sagt mir nichts. Wann war das? Sollte ich das in die cloud speichern?«

»Die neue Kollegin. Als sie gestern wieder so um meinen Schreibtisch gekreist ist, hab ich sie einfach mal zum Essen eingeladen. Apropos the wolf is hungry. Was koche ich denn heute Abend? Die ist ein bisschen blass um die Nase. In jedem Fall was mit Fleisch. Hab ich sie auch schon in der Kantine essen sehen. Geht also.«

»Sekunde! Pulsdiagramm vom 21.8. Um wieviel Uhr war das gestern ungefähr?«

»Keine Ahnung. Hauptsache du hast die aktuelle Entwicklung im Griff.« Molitor trocknete sich das Gesicht ab. Legte sein Duftwasser auf. Lief zurück in die Küche. Checkte den Kühlschrank.

»Da. Ich habs gefunden! Es waren sogar 135.«

»Nein, Rafid. Das war der Chefredakteur. Wo denn der Artikel über die Killerkeime in deutschen Krankenhäusern bleibt. Als ob so ein Thema von heute auf morgen zu stemmen ist. Nee, die 120 waren früher. In der Kaffeepause, glaube ich. Ich kann mich noch an deine Ansage erinnern. Ist aber auch egal. Jedenfalls kommt sie heute Abend. Mmh, Kräuterbutter ist alle und Kartoffeln. Was brauche ich denn noch? Milch, Wein, Aperitif ist noch da. Am besten einen Zettel schreiben. Oder ist Kräuterbutter vielleicht zu langweilig. Oldfashioned. Außerdem böses Cholesterin.« Er nahm das Kochbuch vom Regal.

»Was sagt denn mein Zuckerhandbuch? Hühnerkeulen in Alufolie. Ach nee. Ein bisschen raffinierter darf 's schon sein, Herr Max. Putensteak in scharfer Aprikosensauce. Schon besser. Da! Rinderfilet in Birnenmarinade mit Rösti. Das klingt nicht schlecht. Macht auch mein Zucker mit. Was meinst'n du, Rafid?«

»Achtung! Ich hänge hier immer noch im Freien. Es verfälscht die Messungen, wenn kein konstanter Körperdruck vorliegt. Zum Beispiel den Rheumafaktor. Den konnte ich heute Morgen leider noch nicht ermitteln. Dazu muss ich eng anliegen.«

»Rheumafaktor. Komm mir nicht damit!« Molitor öffnete seine Hose, schob das Hemd in Position. »Ist's so recht, der Herr? Gleich wird's dir warm werden. Den Gürtel auf's letzte Loch. Schön eng, was?«

»Bitte etwas vorsichtiger! Ich bin zwar wasserdicht, aber keineswegs reißfest, Herr Max.«

Molitor lachte und verstellte die Stimme: »Ich bin keineswegs reißfest, Herr Max.«

»Ich darf Sie daran erinnern, dass ich kein Hemd von der Stange bin. Die 699 Euro haben Ihr Konto vorübergehend ins Minus geführt.«

»Punkt für dich, Herr Rafid. Aber sag mir lieber, was Du von dem Birnendings hältst?«

»Vier Gramm Eiweiß, acht Gramm Fett die Portion. Keine anrechnungsfähigen Kohlenhydrate. Unverfänglich. Danke. Ja, so sitze ich gut. Das hat Stil.« Rafid wechselte überraschend in den Ton eines Beraters. »Die Frauen mögen es auch, wenn das Hemd nicht verknittert über die Hose hängt.«

»Das lass mal meine Sorge sein, Supershirt. Woher willst du das überhaupt wissen? Mach lieber nen letzten Quick-Check. Ich muss heute topfit sein. Irgendwas auffällig seit vorhin?«

»Herz pumpt. Gehirn summt.«

»Na, das war kurz. Möchte mal wissen, warum ich für dich so viel Geld ausgegeben habe.«

»Damit ich auf Sie aufpasse. Außerdem wollten Sie die Kurzfassung, Herr Max. Aber ich kann die bereits vorliegenden Daten gerne noch einmal aufsagen. Für die Bestimmung des aktuellen Rheumafaktors wäre im Übrigen jetzt der richtige Zeitpunkt.«

»Schon gut. Lass mal. Ich weiß schon zu schätzen, dass ich mich nicht mehr spritzen muss und jederzeit die komplette Übersicht habe. Rheumafaktor? Wer denkt sich bloß solche Bluesnummern aus. Mir ist schon klar, dass ich keine 40 mehr bin.«

»Keine 44, vier Monate und drei Tage.«

Molitor lachte. Dieses Hemd hatte wirklich seinen ganz eigenen Charme. »Solche Ansagen kann ich aber heute Abend nicht gebrauchen«, sagte Molitor und sang den letzten Refrain noch einmal mit. »Here I am, rock you like a hurricane.« Er schaltete das Phone aus und suchte in der Speisekammer nach den Einkaufsbeuteln.

»Ich rate auch von solchen Musiktiteln ab. In der Regel mögen Frauen …«

»Logisch, Frau Brigitte. Denkst du, ich spiele der sowas vor? Das ist Giftschrank, oberstes Regal. Jungsmusik von vorgestern. Sollte ein Witz sein.«

»Ihre Körpertemperatur beträgt übrigens 36,9 Grad. Die Zellspannung könnte höher sein. Der Blutdruck auch.«

»Immer noch? Hättest mich ruhig wachkitzeln können, Kettenhemd.«

»Die Back-to-life-Funktion ist nur für den äußersten Notfall vorgesehen. Das übliche Wecken erledigen Wecker, keine Lifeshirts, Herr Molitor.«

»Huch! Auf einmal so förmlich?« Molitor nahm ein Glas Wasser aus dem Hahn. Trank ex. »Aber der Blutdruck wird sich schon regeln, wenn ich zügig gehe. Und jetzt los! Bleibst du eigentlich blau oder stellst du noch auf eine andere Farbe um?«

»Blau? Bei mir wird waldgrün angezeigt. Moment!« Es piepte ein paar Mal sachte hinter Molitors rechtem Ohr. Dann war ein sonderbares Heulen zu hören, wie bei einem E-Auto, das sich nähert. »Sättigungsgrad 85. Luminanzpegel 12. Ist es nun blau?«

»Nein, jetzt ist es grün. Vorher war es blau. Egal. Überprüf's unterwegs. Ich will nicht ins Gedränge im Supermarkt kommen. Hauptsache heute Abend bist du dunkelrot und riechst gut. Rafid, alles startklar?«

»Verstehe ich nicht. Am besten führe ich einen Systemcheck durch. Ich melde mich dann später wieder oder bei spontan auftretender Werteverschlechterung.«

Molitor betrat den Supermarkt. Alles noch erträglich leer. Er fühlte sich gut. Sicher. Aufgeräumt. Rasiert. Aber schön, wenn Rafid mal ne Weile die Klappe hielt. Sechs Tage erst. Er würde den gerne mal abstellen zwischendurch. Aber das ging ja nicht. Aus versicherungstechnischen Gründen, wie es hieß. Die empfahlen sogar, ihn immer zu tragen. Verfügte immerhin über Farbwechsel und Selbstreinigungsfunktion. Merkte gar keiner, dass er schon seit Tagen dasselbe Hemd trug. Und er konnte sich auf die wichtigen Dinge konzentrieren. Auf Stephanie. Ihr Artikel über die Flaschensammler am Flughafen war schon brillant. Die traute sich was zu. Bisschen blass um die Nase war sie allerdings. Naja, wir hockten wahrscheinlich alle viel zu viel im Büro rum.

Was war das denn? Warum war sein Hemd auf einmal gelb? »Rafid!«, flüsterte Molitor unwillkürlich in die Armbeuge. »Das geht so nicht. Hörst du?« Oder lag das an diesem Speziallicht hier beim Gemüse? So, was brauchte er? Birnen, Frühlingszwiebeln, Ingwer. Chilischoten. Mann, hoffentlich kriegte er das hin mit der Marinade. Sojasoße. Vielleicht sollte er doch bei der guten alten Kräuterbutter bleiben? Rafid steckte es ihm schon, wenn's zu hoch geht mit dem Cholesterin. Nee, das Hemd war doch tatsächlich gelb. Zum Glück war das bisher keinem aufgefallen. Warum meldete sich Rafid nicht. »Hallo Rafid, Status bitte!«, sprach er leise mit dem Kinn auf der Brust.

Plötzlich ein Rauschen wie bei einem alten Fernseher. Dann Rafids Stimme wie aus einem Kofferradio.

»0,8 Prozent Petersilie. MHD 4.6.2025. Zwei Gramm decken den Tagesbedarf an Folsäure. E 150, E 466. Riboflavin. Emulgator. Kann Spurenelemente von Weizen, Ei und Soja enthalten. MHD 21.06. 2025.«

»Rafid, was ist los? Spinnst du?«, fragte Molitor und wühlte zum Schein in den Tomaten.

»Stabilisator. Natriumzitrat. Schnittlauch. MHD 2.6.2025.«

»Check 1. User an Lifeshirt. Check 1. Emergency call.«

Eine dunkelhaarige Frau in einem hellen Sommerkleid musterte Molitor interessiert. »Kennen Sie die ältere Dame, die hier das Obst immer auspendelt? Wegen der Energien«, fragte sie.

»Was?« Molitor sortierte immer noch die Tomaten hin und her.

»Es ist sicher nicht verkehrt, aufmerksam zu sein beim Einkauf«, sagte die Frau und klopfte eine Melone ab.

«Ja, ganz bestimmt«, sagte Molitor. Und brachte sich hinter den Kartoffeln in Deckung.

»Hallo, Herr Max, hier Rafid. Ihre aktuellen Werte liegen innerhalb der tolerierbaren Grenzen. Aktuell: Gammawellen-Frequenz 38. Erhöhter Informationsfluss.«

»Kann man wohl sagen«, erwiderte Molitor und raschelte mit den Kartoffelsäcken.

»Warum flüstern Sie so?«

»Warum wohl? Ich will nicht, dass die Leute mitkriegen, dass ich mit meinem Hemd rede. So populär ist das ja noch nicht. Hör zu! Es geht um dieses Gelb. Lass es bloß so, bis ich alles habe.«

»Einen schönen Tag«, wünschte die Frau, »und bleiben Sie aufmerksam.« Sie schob ihren Einkaufswagen an ihm vorbei. Hatte sich gegen die Melone entschieden und stattdessen ein paar Birnen gekauft.

Auch Molitor ging zu den Birnen zurück. Drückte und betrachtete sie. Legte sie in seinen Wagen. Steuerte das Milchregal an.

»Eine BE entspricht 17 Gramm.« Rafids Stimme war wieder klar und sachlich. Ein Glück, dachte Molitor. Aber was nudelte der denn hier runter? »Vitamin C null Prozent. Calcium null Prozent. MHD 30.5. 2025. Ballaststoffe 1,6 Gramm. Verdickungsmittel. E 435. MHD 2.8.2025. Natriummetabisulfit. Kein Ersatz für abwechslungsreiche und ausgewogene Ernährung. Zuckeranteil 16 Prozent.«

»Alles in Ordnung, Rafid?«

»Nur die Einkaufswagenanalyse. Ich muss schließlich wissen, wo es für Sie gefährlich werden kann.«

Molitor sah auf seinen Einkauf hinunter. »Ist doch bloß für den Notfall. Falls sie auf heißen Vanillepudding steht.«

»Dringend abzuraten. Die Milch läuft morgen ab. Ich empfehle, länger haltbare zu nehmen. Sie ist ausreichend vorrätig. Die fettarme täte es vielleicht auch.«

»Woher weißt'n Du das alles so genau?« Molitor tauschte die Milchpackungen. Bog in den nächsten Gang ein, wo ein junger Typ Ware einsortierte.

»Radiofrequenzidentifikation. Ich empfange die Herstellungs- und Haltbarkeitsdaten sämtlicher Produkte im Umkreis von zehn Metern.«

»Auch von den Dosen?« flüsterte Molitor.

»Selbstverständlich. Übrigens sind in Ihrer Speisekammer die Sardinen abgelaufen. Sie haben mir den September 2023 gefunkt.«

Molitor stand vor den Obstkonserven. »Die Sardinen funken? Gruselig. Ich will das alles gar nicht wissen.« Er nahm eine Dose Aprikosen aus dem Regal.

»Dann hätten Sie das preiswertere Modell Glukos 100 kaufen können. Das verfügt nicht über dieses Feature. Das Rafid-Multitask-Lifeshirt informiert. Gelb? Sind Sie sicher? Das kann dann eventuell die Solarzelle sein, die … Moment! Check energy!«

Na prima, dachte Molitor. Nicht mal ne Woche im Einsatz und schon im Eimer. Ausgerechnet heute diese Komplikationen. Zum Glück hatte er Garantie. Rafid. Radiofrequenzidentifikation. Molitor schüttelte den Kopf. Nichts mit Fitness. Alles bloß Datensammeln.

»Batterie demnächst wieder aufladen. Eine halbe Stunde in der Sonne spazieren gehen.«

»Kann ich Ihnen helfen?«, fragte der junge Mann. Er zerriss einen leeren Karton und warf ihn auf den Gitterwagen zu den übrigen Pappen. »Sardinen finden Sie im nächsten Gang.«

»Nein, danke. Alles in Ordnung. Ich komme schon zurecht. Ich war nur eben in Gedanken. Wo finde ich bei Ihnen die Fleischabteilung? Ach, ich sehe schon. Wunderbar.«

»Beta-Frequenz bei 20. Was haben Sie, Herr Max?«

»Kann jetzt nicht so reden«, murmelte Molitor. Der Typ beobachtet uns. Hat auch das mit den funkenden Fischen mitgekriegt.«

»Ich bin nicht illegal. Ich bin das Neueste auf dem Markt. Info unter: www.lifeshirt.com.«

»Ja, ja. Ich weiß das. Aber die doch nicht. Verziehen wir uns lieber. Nur noch das Fleisch. Und dann nichts wie raus hier, bevor du vielleicht noch schwarz wirst.«

»Puls geht über die 100er Marke.«

Die Fußgängerzone erwachte allmählich. Molitor schlenderte an den Läden entlang. »Ich glaube, das wird noch ne Weile dauern, bis ich mich an dich gewöhnt habe«, sagte er. »Zum Glück scheint die Sonne. Aber komisch, hier draußen sieht das Gelb gar nicht mehr so schlimm aus.« Er begutachtete sich in einem Schaufenster. »Fast ein Curry-Ton. Vielleicht ist das sogar besser für heute Abend. Regt den Appetit an. Was sagt mein schlauer Begleiter dazu?«

Molitor vernahm einen seltsamen Klingelton. Fast wie ein Werbejingle. Dann hörte er Rafid mit einer verstellten Einschleimerstimme sprechen: »Guten Tag, Herr Molitor. Schön, dass Sie mal wieder in der Nähe sind. Schauen Sie doch kurz bei uns rein. Wir haben wieder ein tolles Angebot.«

»Was ist jetzt wieder, Rafid? Wie redest du denn?«

»Zum Beispiel Budapester Lederschuhe für sensationelle 149 Euro.«

»Rafid!«, zischte Molitor. Eine Frau mit Kinderwagen drehte sich erschrocken um. Aber Molitor war das jetzt egal. »Wenn das nicht sofort aufhört, dann…«

»Blutdruck bei 149 zu 81. Wir freuen uns …«

»Sag mir sofort, was …! Du, das nächste Mal lass ich dich zu Hause. Das Theater hält keiner aus.« Die Frau mit dem Kinderwagen lief zügig weiter.

»… auf Ihren nächsten Besuch. SMS. Ende.«

»Wer hat dir …? Du liest meine Nachrichten? Woher? He, das ist doch der Laden, in dem ich meine Schuhe gekauft habe. Ich erlaube nicht, dass Du ... dass die … Die orten mich? Die wissen, wo ich langlaufe?« Molitor starrte in die Auslagen des Schuhgeschäftes.

»Radiofrequenzidentifikation. Erkennung und Verbesserung der Warenströme. Das angeschlossene Firmenkonsortium ist ein wichtiger Sponsor bei der Entwicklung lebensrettender Bekleidungstechnik. Weitere Erläuterungen finden Sie im Anhang des Benutzerhandbuches auf Seite 155.«

»Jetzt red Dich nur raus. Weißt Du, was mich Dein feines Firmenkonspirativum kann?« Molitor zog sich die Schuhe aus und schleuderte sie wütend gegen die Schaufensterscheibe. »Hier habt ihr eure Spitzellatschen zurück.« Es gab ein hohles Geräusch und dann ein Klirren von zerbrechendem Glas. »Scheiße! Na toll. Jetzt haut's mir auch noch den Wein weg. Und die Schuhe gleich mit in der Soße. Ich fass es nicht! Dabei wollte ich doch nur meinen Zuckerspiegel in Schach halten. Na Hauptsache, das Funkteil ist wasserdicht, was Rafid? Nee, mal ehrlich. Das ist ja wohl nicht Sinn der Sache, dass Du mich hier kirre machst.«

Eine Verkäuferin trat aus dem Schuhgeschäft. »Was fällt Ihnen ein? Das ist Sachbeschädigung.«

»Puls 155. Blutzuckeranstieg auf 110. Ich schlage vor, dass Sie sich die Schuhe wieder anziehen, eine Sitzgelegenheit zur Entspannung suchen und an etwas Schönes denken. Der Wein kann ersetzt werden. Gleich in der Nähe muss es ein Weingeschäft geben. Ich empfange die Sulfitwerte. Allerdings schwach. Ich rate ohnehin vom Alkohol ab.«

»Verdammt, Du sollst Dich um meinen Zuckerspiegel kümmern und mir keine Vorschriften machen.«

»Sind Sie irre? Wie reden Sie denn mit mir? Ich rufe die security. Was für eine Schweinerei?«

»Bitte?« Molitor kam zu sich. »Regen Sie sich ab. Ist ja gar nichts passiert.« Er zeigte auf die Scheibe. »Nur meine Sachen sind hin.«

Die Verkäuferin funkelte ihn an. Drehte sich zum Inneren des Ladens. »Martina, ruf die Sicherheit. Hier macht einer Ärger.«

Molitor nahm seine Schuhe und die Taschen mit den Einkäufen. Aus einer suppte der Wein. Er ließ die Verkäuferin stehen und lief auf Socken los. Bog in die Seitenstraße ab. Kreuzte die Fahrbahn. Erreichte den Park mit dem See. Eine Bank. Kinder spielten. Vögel mischten sich dazu. Die Gedanken kreisten. Er zog sich die Schuhe wieder an. Filzte die Taschen. Bis auf den Wein alles heil.

Okay, Radid hatte ja recht. Erstmal runterkommen.

Er war einfach nicht gemacht für so viele Informationen. Rafid hatte gut reden. Von wegen Lifeshirt. Ein Spinnennetz war das. Aber immerhin, ohne ihn hätte er gar nicht erfahren, was da alles lief. Bis in die Schuhspitzen. Als er ihm gestern erzählte, dass es sogar Module gibt, die jederzeit Herzschlag und Brustkorbvolumen von Lungenpatienten auf deren Handy laden und von dort direkt an den Hausarzt oder die Notfallzentrale weiterleiten können, da hat er noch gedacht, na, ein Glück hab ich sowas nicht. Und jetzt blinkten überall seine Fußspuren, funkten die Sardinen SOS aus seiner Speisekammer, und jede Wette, als er neulich seine Steuererklärung frisierte, war sein EKG bestimmt unaufgefordert ans Finanzamt rausgegangen. Und das alles für ein bisschen verbesserte Lebensqualität. An apple a day keeps the doctor away. Wenn seine Mutter, selig, wüsste, was damit heute gemeint war. Die hatte bis zum Schluss keinen Computer gehabt. Geschweige denn so ein Zuckerhemd wie er. Immer schön altmodisch gestochen und gemessen und gespritzt. Vielleicht sollte er das auch wieder machen. Andererseits, war schon bequemer so. Und auch viel genauer. Wenn er sich bloß den Prediger verkneifen könnte. Aber das hatte man davon, wenn man bei nem katholischen Händler kaufte. Herrlich die Sonne. Stephanie. Zum Nachtisch gibt's Honigmelone mit griechischem Joghurt. Eigentlich war sie viel zu jung. 35. Na und? Das Leben war kurz. Den Tratsch hielte er aus. »Puh, jetzt wird's aber allmählich heiß.«

»Ozonbelastung leicht erhöht. Sonnenbrand möglich.«

»Ach, Rafid. Dich hatte ich schon ganz vergessen. Schön, von Dir zu hören. Ehrlich.«

»So soll es sein. Tragekomfort bei maximaler Sicherheit. Ich rate Ihnen, in den Schatten zu gehen.«

»Ja, mach ich. Sekunde! Hallo Stephanie ... Eine halbe Stunde später? Kein Problem. Nein, wirklich nicht. Bloß ein kleiner Imbiss? Naja, ich hab schon eingekauft … Tanzen gehen? Ich war ewig nicht … Aber warum nicht … Also halb neun dann. Ciao.«

»Programmänderung? Darf ich dann die endgültige Farbe für heute Abend erfahren?«

»Erstmal nach Hause, Rafid. Los, den Bus kriegen wir noch.«

Molitor rannte los. Plötzlich ein Fiepen hinterm Ohr. Ein Zecken wie bei einem Stromschlag. »Aua! Rafid, was fällt dir ein?« Ein Auto hupte. Molitor starrte den Fahrer an. Um ein Haar.

»Es tut mir leid. Der Stromstoß wurde vom Fußgängererkennungsmodul eines Autos ausgelöst. Das hätte Sie sonst angefahren. Der Bremsassistent des Wagens reagierte dann blitzschnell auf mein Signal.

»Entschuldigung!« Er winkte dem Fahrer, der mit der Hand die Scheibenwischergeste zeigte und dann weiterfuhr.

»Mann, das war knapp! Was hast du gesagt?«

»Der nächste Bus kommt in acht Minuten.«

»Welcher Bus? Moment mal. Hast Du mir gerade das Leben gerettet?«

»Eine Anschaffung, die sich schon bezahlt gemacht hat. Bitte empfehlen Sie mich weiter.«

»Unglaublich. Wer Dich gestrickt hat, muss ein Hellseher sein.« Molitor pustete erstmal durch, als er den sicheren Bürgersteig erreichte.

»Bedaure. Derlei Auskünfte unterliegen dem Firmengeheimnis. Blutzucker immer noch leicht erhöht. Natrium unter 110. Sie müssen trinken.«

»Ich hab den überhaupt nicht kommen sehen. Schauen wir mal, wo wir Wein herkriegen. Und dann wird die Marinade angerührt. Puh, ich glaub, ich hab zu viel Sonne abbekommen.«

Molitor sah durch die Scheibe des Backofens. Jetzt wurde es aber allmählich Zeit. Aus dem Musikkolben mischten sich die aktuellen Singer/Songwriter in die Stimmung. Der Pudding dampfte.

»Harnsäure 5,4. Prostata-Antigen 2,1. Leberwerte unauffällig. Zucker stabil. Puls 95. Betafrequenz 18. Status hellwach.«

Es läutete an der Tür. »Na endlich. Was denkt die sich?«, sagte Molitor und legte Lächeln auf.

»Die Uhrzeit 20 Uhr 58.«

»Hallihallo. Ach, das macht doch nichts. Hereinspaziert. Den Wein habe ich jetzt aber schon alleine geleert.« Er lachte. »Nur Spaß. Nanu, Blumen. Für mich? Danke. Mein Hemd? Die Farbe?« Er lachte wieder. »Ja, ich weiß. Eigentlich sollte man immer erstmal auf der Straße im natürlichen Licht Probe laufen, bevor man was kauft. Eine Vase, ja. Aber sollen wir nicht erstmal ein Gläschen zur Begrüßung nehmen? Martini oder nen kühlen Weißen mit Cassis? Okay. Prima. Mach's dir gemütlich. Ich mix schnell die Drinks und bin dann gleich bei dir.«

Molitor lief zur Küche rüber. Pfiff aus Versehen das Lied von heute Morgen. Füllte ein großes Wasserglas und stopfte die Blumen hinein. Ließ die Gläser klirren. Holte die Flaschen vor. »Verdammt, Rafid!«, flüsterte er. »Ich hab's dir gleich gesagt. Dieses Rot ist ein Totalschaden. Die Frau hat Geschmack. Vielleicht sollte ich einfach das alte stinknormale Weiße aus dem Schrank holen. Das ging früher auch. Wärst du dann sauer?«

»Die Duftstoffanalyse ergab: Billigblumen vom Chinesen.«

»Also Du bist sauer. Egal, mir gefallen sie trotzdem.«

»Ich verzeichne einen leichten Anstieg des Testosteronspiegels.«

»Na und? Ich find die Überbringerin ja auch klasse. Was kümmert's Dich?«

»Ihr Parfüm enthält künstliche Pheromone, vermutlich Kopuline.«

»Rafid. Lass das! Und ich will nicht, dass Du so über sie redest.«

»Ich berechne lediglich mögliche Gefahrenmomente. Außerdem trägt sie französische Unterwäsche. Daraus könnten sich Erregungspotentiale ergeben …«

»Rafid!«, zischte Molitor. »Mist, jetzt hab ich glatt den Cassis verschüttet. »Nein, nein!«, rief er in Richtung Wohnzimmer. »Nix passiert. Ich komme gleich.« Er zupfte am Hemd. »Du machst mich ganz nervös, Mann. Was soll das?«

»… die sich auf den Blutzuckerspiegel auswirken. Im Übrigen gebe ich nur die Funksignale der Unterwäsche weiter.«

»Was? Ihre Unterwäsche spioniert mich aus?«

»Bislang negativ. Das ist allerdings während des kurzen Kontaktes noch nicht zu ermitteln gewesen. Dafür müssten Sie sich näher in den Bereich der Quelle bewegen.«

»Das hatte ich vor. Aber ich will nichts über ihren PH-Wert, ihren Östrogenhaushalt oder irgendwelches Silikon wissen. Ist das klar? Es muss auch was im

Dunkeln bleiben, sonst geht der ganze Reiz verloren. Ich will jetzt Wein trinken, ich möchte einen aufregenden Abend haben. Notfalls eben auch ohne Dich, kapiert. Und ja: Ich kenne die versicherungsrelevanten Passagen in den AGBs.«

»Hypothalamus-Hypophysen-Gonadenachse zeigt Reaktion.«

»Rafid? Was murmelst Du da?«

»Essigsäure, Propansäure, Butansäure, Methylpropansäure, Methylbutansäure alle Werte eindeutig. Irrtum ausgeschlossen. Sie will ihn. Na schön.«

Verstehe kein Wort, dachte Molitor. Hatte der auf Selbstgespräch umgeschaltet? War auf einmal so leise.

»Leukozythen 4,7. Lymphozythen bei 24%.

Hämoglobin 15.«

Der Musikkolben brachte was mit Akustikgitarren und verträumten Männerstimmen. »So, da bin ich. Ja, ich wohne hier schon ewig. Alter Mietvertrag, sonst könnte ich mir die Bude gar nicht mehr leisten alleine. Prost, schön, dass du da bist. Nee, ich spiel nicht Klavier. Ist hier stehen geblieben, damals. Ja, es gab auch mal eine Frau Molitor. Lange her. Klar, wenn du spielen willst, bitte. Ja, die Musik kann dann aus. Ich kümmere mich derweil ums Essen. Bloß ein paar Kleinigkeiten.«

»Enchanté, Mademoiselle. Je m'appelle Rafid. Non, je ne suis pas arabe. Made in China, you know? Ich muss neutral bleiben. Wieviel Wein er jetzt schon getrunken hat? Non, il n'est pas un buveur. Assurément. Das ist er gar nicht gewohnt. Das ist auch das Problem. Der Zucker fällt schon ab. 21 Uhr 13. Cannabinoide. C'est vrai?«

Was brubbelte der denn immerzu?, fragte sich Molitor. Nichts zu verstehen. Und sie spielte tatsächlich Klavier.

Nicht schlecht. Traute sich was. Es lief doch ganz gut. Die Röstis heiß. Die Filets sahen auch spitze aus. Er goß sich ein Gläschen Rosè ein. »Prost Rafid!«

»Le pression artérielle. Ah. Oui? O la la. Le pouls plus que cent ... Tres intéressant. Qu'estce que tu penses?«

»Mit wem redest du da? War das Französisch?«

»Ich habe mit Madeleine ein paar Werte verglichen. Allerdings ist mein Französisch zu schlecht, um wirklich hundertprozentig bestätigen zu können, ob …«

»Madeleine?«

»Das ist der Markenname ihrer Unterwäsche.«

»Du plauderst mit ihrer …«

»Ja, warum denn nicht? In Zeiten globalisierter Warenproduktion ist Mehrsprachigkeit unbedingt anzuraten. Ich verfüge über einen Basiswortschatz in 16 Sprachen. Sonst wüsste ich jetzt auch nicht, dass Ihre Besucherin Drogen nimmt? Vermutlich Haschisch.«

»Spinnst Du?«, rief Molitor. »Nee, alles in Ordnung, Steffi. Essen in zwei Minuten. Eine rauchen auf dem Balkon? Ja, gut. Mach doch.« Molitor holte die Filets aus dem Ofen. Alles perfekt.

»Die Werte sind eindeutig. Madeleine findet Cannabis auch nicht in Ordnung. Dazu der Alkoholkonsum des Gastgebers.«

»So, findet sie? Na, da scheinen sich ja zwei gefunden zu haben. Dann funkt euch mal schön. Ich tue jetzt das Essen auf, sonst wird alles zäh. Und gleich noch nen Schluck auf den Schreck. Es lebe die globale Nüchternheit, Santé.«

Eine Stunde und etliche Gläser Wein später.

»Du musst die Nerven behalten«, mahnte Rafid. »Du darfst dich nicht hinreißen lassen. Alkohol ist nicht gut für dich. Alkohol ist sogar lebensgefährlich. Du kannst ins Koma fallen. Sag nein, höre jetzt auf! Es ist genug. Steige auf Wasser um. Verdammt! Ich kann ihn hier beschwören, wie ich will, er hört gar nicht zu. Er steht bei 1,6 Promille, wie soll ich den Zucker steuern. Zum Glück hat er gegessen. Beginnender Tunnelblick. Madeleine sagt nichts dazu. Ist auch nicht ihre Sache. Puls 132. Testosteron weiter ansteigend. Die Zeit: 22 Uhr 17.«

»… und dann hat der mir doch noch das Interview gegeben«, sagte Molitor. »Da waren 50 Grad in dem Kabuff. Und gestunken hat das da, nach Rattenscheiße. Ich sag dir, noch mal mach ich das nicht. Entschuldige, wir wollten ja nicht dauernd über die Arbeit reden. Darauf trinken wir. Cheers.«

Sie hoben zum wiederholten Mal die Gläser. Waren inzwischen auf die Couch gewechselt.

»Sag mal, ich würde jetzt gerne was rauchen. Du hast nicht zufällig was dabei? Wie ich darauf …? Na ja, hab ich gehört. Hat mir einer … Der Layouter, genau

... Scheißkerl, wieso Scheißkerl? Privatangelegenheit. Verstehe. Ja, ist auch wirklich ein Idiot. Nee, ehrlich. Warum lachst du? Mein Hemd, was ist mit meinem Hemd? Gefällt dir mein Hemd nicht? Die Farbe? Soll ich ein anderes …?«

2,1 Promille. Was soll ich denn tun? Anders hört er nicht. Pfirsichpastell. Darauf steht heute keine mehr. Und die schon gar nicht. Was ist jetzt los? Oh nein, Cannabinoide positiv. Jetzt kifft er auch noch. Das mit den wechselnden Farben kann ich mir sparen. Das amüsiert die womöglich bloß. Puls 145. Zucker unter 100. Punkt 23 Uhr. Madeleine, que c'est que se passe à toi?

»Du weißt doch bestimmt, was alle so reden über dich, oder? Molitor lallte. »Mein Hemd hat mich gewarnt«, sagte er. »Ehrlich. Das ist nämlich ein ganz schlaues. Das weiß alles. Über mich und über dich und über die ganzen Verräter in den Schuhen und in der Milch. Ja, du lachst. Das ist globale Lageraufsicht. Unaufhaltsamer Warenstrom zum Wohle der Menschheit. Ich weiß alles über dich. Madeleine, stimmt's? Ja, da staunst du, was? Mein Hemd ausziehen? Puh, mir ist auf einmal so heiß. Ich geh mich mal frisch machen.«

»Nanu? Hallo! Wo bin ich? Alles tot. Madeleine?«

Molitor betätigte die Toilettenspülung. Die Sonne feuerte ihm brutal ins Gesicht. Das Surren hinterm rechten Ohr setzte ein.

»Leukozythen, Lymphozythen, Hämoglobin. Nur grobe Schätzungen möglich. Natrium, Kalium, Magnesium. Wahrscheinlich dringend aufzufrischen. Vitaminpegel mit Sicherheit katastrophal. Ich müsste dringend den Blutzucker bestimmen. Herr Max, sind Sie wach?«

Molitor stöhnte. »Mir ist kotzübel. Und mein Kopf. Puh! Was war denn? Wo bin ich?«

»Das habe ich mich auch gefragt, als nach Mitternacht bei 2,3 Promille der Kontakt abbrach.«

»Und warum habe ich mir denn das Hemd um den Hals gebunden?«

»Stark enthemmtes Verhalten und massive Veränderungen der Persönlichkeit. Restalkohol Eins Komma zwei. Erhöhtes Risiko für Erbrechen und Übelkeit. Sie sind fahruntüchtig. Bitte sorgen Sie für ordnungsgemäßen Sitz, sonst kann ich keine korrekten Messungen durchführen.

»Wer spricht da? Mein Gott, ich höre Stimmen, ich bin verrückt.«

»Beruhigen Sie sich, Herr Molitor! Hier spricht Rafid 3000, Ihr Life-Shirt.«

»Wer? Oh, ja. Rafid. Du bist's. Völlig verknotet. Ich kann mich an gar nichts …« Molitor stemmte sich hoch. Sah im Spiegel in sein verquollenes Gesicht. Die Haare wie ein Kelte vor der letzten Schlacht. Um den Hals diese idiotische Halskrause. Sie hatte ihn hinter sich hergezogen. Nein, das war keine Fantasie. Sie hatte ihn dirigiert. Er hatte den Hund, das Tier …Nein, ihm war doch schlecht ge…«

»Bitte sorgen Sie für ordnungsgemäßen Sitz, sonst kann ich keine korrekten Messungen durchführen.«

»Schon gut. Muss erstmal einen Schluck Wasser trinken.« Molitor tauchte sein Gesicht in die mit Wasser gefüllten Hände. Schluckte gierig. Stöhnte erleichtert ins Handtuch.

»Bitte sorgen Sie für ordnungsgemäßen Sitz.«

»Mann. Oberhirte. Nerv jetzt nicht! Mir geht's ziemlich beschissen.«

»Davon gehe ich aus. Befindlichkeitsstörungen. Gedächtnisprobleme. Konzentrationsstörungen. Ich weise Sie darauf hin, dass Sie auf eigene Gefahr handeln.«

»Ach nee. Sag mir lieber, was hier los war, Halskrause. Wo ist …Haben wir …?«

»Zu einem Austausch an Flüssigkeiten ist es nicht gekommen, soweit ich das anhand der rekonstruierten PH-Werte ermitteln konnte. Der Kontakt zu Madeleine ist dann bei 2,3 Promille abgerissen. Sie hat die Wohnung um 0 Uhr 43 verlassen. Feuchtigkeitsstufe 3. Tendenz fallend.«

»Madeleine? O Gott, wie peinlich.« Molitor entknotete das Hemd, schüttelte es, schlüpfte hinein. Es hing über die Unterhose. Aber es saß und roch frisch. Er wankte ins Zimmer. Das Schlachtfeld des Abends. Es sah nach einer gewissen Enthemmung auf beiden Seiten aus. Ein Glas mit Lippenstiftrand. Vergossener Sekt. Die Sofakissen verstreut.

»Der Montag wird dann zeigen, ob sie … wenn Madeleine überhaupt …«

»Montag, um Himmelswillen! Gleich morgens ist Redaktionssitzung.«

»Ich kann also davon ausgehen, dass ich Madeleine so bald nicht wieder spreche. Leider. Das war doch gleich ein ganz anderes Niveau als mit Milchtüten oder Sardinen. Für mein Französisch war das auch ein richtiger Schub. Unter diesen Umständen.«

»Ich muss mich krankmelden. Rafid, streng Dich an, Du findest bestimmt was. So, erstmal in die Hose. Schön eng, wie Du es magst. Fertig! Wie toll Du wieder aussiehst, Rafid. Rafid? ... Hallo! Rafid, lass mich nicht hängen. Ich brauch Dich doch. Ich will nicht zurück an die Spritze und in die ganze Ungewissheit. Wunderbar, dass ich jetzt alles mitkriege über Verfallsdaten und die neuesten Angebote. Bitte, ich verspreche Dir auch, dass ich …« Molitor zupfte zärtlich an seinem Hemd.

»Ja bitte? Ich höre.«

»… mich bessere. Und ich nenn Dich auch nicht mehr Bleiweste.«

»Kein Alkohol, keine Joints, keine …«

»Moment, mein Lieber! Reicht das nicht, wenn wir mit den Kohlenhydraten anfangen? Das lief doch schon ganz gut. Okay, keine Joints. Sowieso nicht mein Ding.

»Kein Alkohol. Kein Leichtsinn mit viel zu jungen Frauen.«

»Wie bitte? Jetzt gehst Du zu weit.« Molitor krempelte sich die Ärmel auf.

»Ich weiß. Aber nach so einem Vorfall. Unser Zusammenspiel setzt schon ein gewisses Vertrauen voraus.«

»Also schön. Alkohol versuch ich. Ist sicher auf lange Sicht besser. Du darfst auch bei den Hemdfarben mitreden. Aber was Frauen betrifft …«

»Ich möchte nie wieder zerknüllt in einer Ecke landen oder anderweitig misshandelt werden. Ich war so intensiv im Gespräch mit Madeleine.«

»Ach so das. Na schön, versprochen. Das würde ich auch nicht wollen, wenn mir einer die französische Luft abdreht.« Molitor lachte über seinen Witz.

Rafid lachte nicht. »Da wäre dann noch eine Sache«, sagte er.

Molitor drehte an einem Hemdknopf. »Übertreib es nicht, Rafid. Denk dran, ich habe noch eine Woche Umtauschrecht.«

»Derartige Drohungen verfangen bei mir nicht.
Andere Herren warten auf meine Dienste.«

»Ja, ja. Ist schon gut. Was willst Du also? Jetzt sag schon. Ich könnte allmählich ein kleines Blutbild vertragen.«

»Ich möchte Madeleine wieder begegnen.«

»Ausgeschlossen. Ich kann froh sein, wenn Stephanie mich …«

»Ich meine doch nicht diese Madeleine, sondern eine andere. Die Verkäuferin aus dem Schuhgeschäft gestern funkte auch.«

»Die blöde Kuh? Ich soll wildfremde Frauen anmachen? Spinnst Du?«

»Es gibt so viele. Streng Dich an. Eine wird uns schon gefallen. Muss nicht die aus dem Schuhgeschäft sein.«

»Uns?«

»Haben Sie das Life-Shirt-Motto auf der Verpackung nicht gelesen, Herr Max? Ein gutes Hemd will glücklich sein.« Rafid pfiff plötzlich eine Melodie. Irgendein französischer Chanson. Molitor lief ins Schlafzimmer, öffnete den Kleiderschrank. Da hingen seine alten Hemden. Lagen die T-shirts im Regal. Rafid wechselte das Lied. »Ne me quitte pas«, sang er.

»Ist ja gut, Nervensäge. Schon vergessen. Lass uns einen Ausflug machen. Ich schlage eine Galerie vor. Oder wo denkst Du, treffen wir am Sonntag Madeleines?«

»Puls und Blutdruck im grünen Bereich«, sagte Rafid. »Ich schlage ein leichtes Frühstück in einem Café um die Ecke vor.

Licht ohne Grenzen

Aziz schreckte hoch. Verschwitzt. Er atmete schwer. Der Traum. Explosionen. Alles wackelt. Es ist Nacht. Schreie. Die Nachbarn. Feuer. Der nächste Einschlag. In seinen Ohren das Fiepen. Er taumelt aus dem Bett. Die Wand durchschlagen. Rauch. Leyla! Leyla, steh auf! Wir müssen sofort weg. Sag doch was, Leyla! Wo sind die Kinder? Das Zimmer, das Dach.

Aziz schwankte durch den Raum. Er öffnete die Tür des Containers, betrat den abgewetzten Kunstrasen davor. Morgendämmerung. Ein Dreiviertelmond stand hoch am Himmel über dem Lager. Aziz liebte diese Stunde, wenn die meisten noch schliefen oder wie er, allmählich in den neuen Tag sahen, der kühl und klar vom Frieden erzählte. Doch der Traum, sein ständiger Begleiter, wühlte noch in ihm. Aziz schloss die Augen. Blutrot der Nachtmond. Warum ist diese Nacht so grausam schön? Wie oft lagen wir unter den Sternen, Leyla? Nicht daran denken! Einfach den anderen folgen. Einfach weiter mit dem stummen Treck. Ob die Kinder noch leben? Vielleicht sind sie zu den Nachbarn gelaufen. Schau nicht hoch, Aziz! Wer hochschaut, muss weinen. Ich bin so müde. Ich möchte mich in den Sand legen. Soll mich doch die Sonne holen. Nein! Wenn die Sonne aufgeht, muss ich über die Grenze sein.

Sein Telefon sang. Die Kinderstimme. »Im Namen Allahs, des Allerbarmers.« Aziz kam zu sich. »… dem Herrscher am Tag des Gerichts. Dir allein dienen wir …«

»Was gibt's so früh, Karim? Hast Du die Rosenblätter und das Henna aufgetrieben? Noch nicht. Karim, Du weißt doch … Lampen, was für Lampen? Für sowas hab ich keine Zeit. Nächste Woche sind drei Hochzeiten. Kann er nicht morgen … Eine Frau? Fairniture? Clevere Möbel. Nie gehört, was soll das sein? Ja, ja, gut. Nein, braucht Mister Kilian nicht zu wissen. Erstmal hören, was sie anzubieten hat. Aber ja, Karim, gibt was extra. Für Faris auch. Hauptsache, die Sachen für die Hochzeit kommen rechtzeitig. Ich verlasse mich auf Dich. Salam, Karim!«

Clevere Möbel, Allah sei mir gnädig, dachte Aziz, ging zurück in den Container, wusch sich, rollte seinen Gebetsteppich aus, stellte sich mit gefalteten Händen in Richtung Mekka. »Alluah Akbar!« Verneigte sich, warf sich nieder, setzte sich auf die Fersen. Sprach das Gebet weiter, drehte sich nach rechts, dann nach links, wünschte den im Geist versammelten Begleitern Frieden und Barmherzigkeit Allahs. »Allah ist das Licht der Himmel und der Erde. Das Gleichnis seines Lichtes ist wie das einer Nische, in der eine Lampe …« Fairniture, dieses eben gehörte Wort tauchte in seinem Kopf auf.

»Diese Lampe …« Aziz stockte. »… ein Glas, das wie ein funkelnder Stern … Wie war er auf diese Zeilen …? Barmherziger, zu Dir allein flehen wir. Wisst ihr denn nicht, dass Allah alles gehört, was in den Himmeln und auf der Erde ist. Er kennt eure Situation genau. Am Tag, an dem alle zu ihm zurückkehren werden … Clevere Möbel. … wird er ihnen mitteilen, was sie getan haben.« Aziz verneigte sich, erhob sich und rollte den Teppich ein. Was war denn los mit ihm? Früher waren ihm die Gebete nie wichtig gewesen. Erst hier im Lager hatte er sich ihnen geöffnet, auch die Gebetszeiten, so gut es ging, eingehalten. Zumindest morgens.

Aziz kochte sich Tee, zog eine saubere Hose und ein frisches Hemd an. Frühstückte. Dann lief er durch die Verbindungstür hinüber in den kleinen Anbau, öffnete die Tür und das Fenster. Nahm Platz in seinem provisorischen Büro. Vertiefte sich in ein paar Unterlagen. Anfragen der Nachbarn. Strom, Wasser, Privatsphäre. Die Hochzeit. So früh wartete niemand. Es schien ein ruhiger Tag zu werden.

Wusstest du schon, dass ein Raum, den du teilst, doppelt so groß wird? Uns liegt dein Alltag am Herzen. Komm in die Fairniture-Familie. Dein Zuhause kann überall sein.

Verrückt! Seit einiger Zeit poppten in Sonjas Kopf unangemeldet diese Fairniturесprüche auf. Die Stimme von Sören Dahlberg, der sie eingesprochen hatte. Leicht lispelnd und als würde ihn alles unglaublich erstaunen und beglücken. Dazu diese irre Maultrommel. Motiv: Ich bin das lustige Einkaufsteufelchen, das alle Deine Wünsche kennt. Die Leute mochten das. Sonja haderte mit diesen Ohrwürmern, die sie hatte auswendig lernen müssen für den Einsatz im Kundengespräch, nun aber nicht mehr loswurde. Die sie jederzeit attackieren konnten. Schon morgens unter der Dusche. Im Hotel heute in Amman. Später der Frühstücksraum voller Journalisten und Geschäftsleute.

Je mehr zusammensitzen, desto besser die Stimmung. Und falls mal was danebenfällt, die Bezüge sind waschbar.

Nun saß sie schon fast eine Stunde in diesem aufgeheizten Taxi, das sie nach Zaatari bringen sollte. Seit sie Amman verlassen hatten kaum noch Besiedlung. Gestrüpp, Felsen, Wüste. Ab und zu Ziegen irgendwo. Zerzauste Hunde. Das Geschaukel des Taxis. Der Sitz kaputt. Ab und zu ein Loch in der Straße, ein Schlag ins Kreuz bis hoch in den Kopf. Der Fahrer stumm. Ein paarmal hatte sie es mit englischen Fragen versucht. Der Fahrer quittierte alle Fragen, auch die französischen, mit einem kurzen, verständnislosen Blick in den Rückspiegel. Bewegte seinen Kopf mehrdeutig. War das ein Nicken, ein angedeutetes Kopfschütteln? Sein Gesicht schon eine Stunde ohne Regung. Atmete der überhaupt? Eine Gebetskette baumelte am Rückspiegel. Auf dem Armaturenbrett tanzte eine schwarzgelockte, üppig ausgestattete Puppe Bauchtanz.

Du schaffst deinen eigenen Stil durch Kombination. Lass deine Persönlichkeit durchscheinen. Schöner einrichten. Später bezahlen.

Plötzlich tauchte am Horizont ein weißer Streifen im Dunst auf. »Zaatari?«, fragte Sonja und zeigte nach vorne. Der Fahrer hob kurz die Hände vom Lenkrad, wischte mit einer Hand Kreise in die Luft. Sonja dachte: Ist der noch bei Trost? Aber dann kamen zehn Minuten später tatsächlich Wachtürme in Sicht. Eine Mauer, Stacheldraht, Panzer, Militär. Das Haupttor. LKW mit Hilfslieferungen oder was immer die geladen hatten. Während Sonja ihr Phone zückte, fuhr das Taxi links an den wartenden LKW vorbei. Sie wählte die Zuhause-Nummer. Tatsächlich Empfang. Ein Uniformierter hob die Hand zum Stoppzeichen, verlangte den Ausweis, die Besuchserlaubnis. Sonja reichte ihm alles durchs offene Fenster.

»Hallo Lars! Mensch, bin ich froh, Deine Stimme zu hören. Ja, soweit alles gut gelaufen. Wir sind jetzt am Eingang zum Lager. Natürlich total spät dran. Der Orient eben. Kamen einfach nicht durch. Und dauernd Kontrollen, kannst Du Dir ja denken. Also ich bin völlig durchgeschwitzt. Schon Nachmittag und immer noch Backofen. Was sagst Du, Lars? Ich hör Dich schlecht. Ja, ich … ja ich melde mich wieder … Nein, mach Dir keine … Hallo?«

Sonja musterte den Uniformierten. Wie lange dauert das denn? Der blättert in meinem Ausweis als wärs die Aufbauanleitung für die Hägar-Schrankwandmodule, dachte sie. Jetzt telefoniert er auch noch. Wird das noch was vor Sonnenuntergang? Gut, dass ich den Rückflug erst für in drei Tagen gebucht habe.

Wusstest du schon, dass sich aus alten T-shirts ganz leicht eine Gardine nähen lässt. Einfachheit zählt. Du bist einzigartig. Richte dich auch so ein. Große Persönlichkeiten entfalten sich überall.

»Thank you, Mrs. Lund«, sagte der Uniformierte und gab ihr die Papiere zurück. »Welcome to Zaatari!« Die Schranke fuhr hoch, der Fahrer gab Gas. Na also, dachte Sonja, so ein schwedischer Pass wirkt immer noch Wunder. Ich wette, hier sind auch jede Menge Landsleute im Einsatz.

Sie fuhren ins Lager. Eine richtige Einkaufsstraße. Softeis, Schuhe, sogar Brautkleider. Vor den Containern der UNO-Leute eine Warteschlange. Der Fahrer bog überraschend ab. Wo wollte der hin? »Excuse me! I have to meet Mister Kilian, the camp manager.« Wieder der Blick des Fahrers im Rückspiegel. Keine Reaktion. Verstand der Typ überhaupt etwas? »The boss, I need to talk to the boss.« Jetzt nickte er. Eindeutig. Er verstand also doch etwas, bog aber erneut ab. Hupte. Da standen Männer im Weg. Und so viele Kinder. Hatten die keine Schule? Sie hatte doch von Schulen gelesen. Die Jungen vormittags, die Mädchen nachmittags oder umgekehrt.

»Die werfen mit Sternen nach uns.«

Plötzlich ein Schild. District 10. Weit und breit keiner aus dem Westen. Verschleierte Frauen vor Gaskochern, alte Männer in Latschen, Kinder mit verstaubten Gesichtern.

Es kommt nicht darauf an, was du kochst und wie du es servierst. Es geht darum, schöne Momente zu haben.

Sonja nahm die Sonnenbrille ab. Rieb sich die Augen. Diese bescheuerten Sprüche, dachte sie. Aber Sören lispelte weiter zur Maultrommel.

Deine Küche ist so einmalig wie du. Und bei diesen Preisen kocht es sich gleich entspannter.

»Schnauze!« rief Sonja. Das Taxi hielt. Sonja erntete die hochgezogenen Augenbrauen des Fahrers im Rückspiegel. Der Fahrer nahm die Hände vom Steuer. Drehte den Kopf, zeigte zum Fenster hinaus. »Entschuldigung, die Hitze.« Aber der Fahrer machte keine Anstalten, die Fahrt fortzusetzen. Weit und breit kein Lebenszeichen ihrer Leute. »This must be a mistake.« Sie musste die Firma anrufen.

Ein bärtiger Mann kam auf den Wagen zu. Öffnete die Tür. Sonja zog unwillkürlich die Schultern hoch. War das eine Entführung? Der Mann lächelte. »Mah-sah-uh ahl-kha-ir. Willkommen in unserer Stadt. Ich bin Dr. Naphtali.«

»Sie verstehen mich? Ein Glück.« Sonjas Schultern lösten sich.

»Natürlich, ich habe studiert in Ihrem Land.«

Sie fuhr kurz seine Gestalt ab. Helle, saubere Kleidung, nackte Füße in Latschen. George-Clooney-Typ. Sonja griff ihre Tasche. »Ich bin eigentlich mit Mister Kilian, dem Lagerleiter, verabredet.« Er bot ihr die Hand zum Aussteigen an. Die fühlte sich überraschend kühl und trocken an. »Entschuldigung, ich vergaß, mich vorzustellen. Sonja Lund, Sustainability executive, Fairniture. Es geht um …«

»Lampen, ich weiß. Sie wurden angekündigt.«

»So?«

»Aber ja. Kurze Wege im Lager. Nun, Mister Kilian ist beschäftigt. Heute kommen neue Wohncontainer für Downtown West. Da gibt es oft Streit bei der Vergabe und er muss vor Ort sein. Aber gehen wir doch aus der Sonne. Bei mir ist es schattig. Eine kleine Erfrischung wird Ihnen guttun.«

Sonja wischte sich über ihre Bluse. »Verzeihen Sie, aber in welcher Funktion stehen Sie hier? Verstehen Sie mich bitte nicht falsch, hier geht es um eine größere Sache. Ich soll direkt mit den Verantwortlichen verhandeln.«

Aziz lächelte gelassen. »Wunderbar,« sagte er. »Ich bin einer der lokalen Führer hier und für die Südstadt zuständig. Er nahm Sonjas Gepäck entgegen, winkte dem Fahrer. »You can drive back.«

»Er spricht Englisch?« Der Fahrer wich ihrem Blick aus.

»Er war Englischlehrer in Daraa. Vor dem Krieg. Seitdem spricht er kaum noch. Kommen Sie, ich mache uns Minzetee. Der tut gut bei der Hitze. Und Sie erzählen mir, was Sie vorhaben.«

»Just a moment, Faras! Warum hat Mister Kilian mich nicht verständigt?«

»Das weiß ich nicht. Sie können ihn später anrufen. Aber ich fürchte, die Containerlieferung dauert. Sie können auch mir sagen, was Sie wollen. Ich muss es meinen Leuten nachher sowieso erklären.«

Sonja sah die trockene Straße hoch. Container kilometerweit. Irgendwo Berge. Vermutlich schon Syrien. Die Sonne brannte brutal. »Also gut, ich brauche wirklich etwas Schatten.«

Aziz nickte. »Davon habe ich genug.« Er winkte dem Fahrer. Der stieg in sein Auto. Staub wirbelte auf. Er fuhr davon. »Treten Sie ein, Frau Lund!«

Sonja war überrascht, wie geräumig so ein Container war. Ein Bettsofa, eine kleine Küchenzeile, zwei Stühle, ein Regal. Vor dem Fenster ein Tisch voller Papierkram. Notizen an die Wände geklebt. Das Foto einer Familie. Und als besondere Zutat, an der Decke befestigt, Vogelkäfige. Kanarienvögel, Zebrafinken. Leises Gezwitscher.

»Ja«, sagte Aziz, »ich weiß, was Sie denken. Die Vögel erinnern mich an die Freiheit. Seltsam, nicht wahr? Irgendwann lasse ich sie fliegen. Aber noch brauche ich sie. Ihre Melodien, ihre Farben.« Aziz spitzte die Lippen, imitierte ein paar eben gehörte Töne. Die Vögel drehten kurz die Köpfe.

»Woher haben Sie die?«

»Das Geschenk eines früheren Patienten. Wir trafen uns hier wieder. Er konnte sogar seine Tauben retten. Manchmal schickt er eine nach Hause. Sie kommen tatsächlich hierher zurück.«

»Sie sind Arzt?«

Aziz Blick ging kurz nach innen. »Ja«, sagte er und war wieder ganz im Raum. »Aber ich habe jetzt viel anderes zu tun. Gespräche, Verhandlungen. Papierkram. Sie sehen es ja. Entschuldigen Sie die Unordnung.«

»Das macht nichts. Hauptsache, es ist alles zur Hand, wenn Sie es brauchen, nicht wahr? Wer benötigt schon einen Schrank? Aber trotzdem, ein aufgeräumtes Zimmer wirkt immer gleich viel ruhiger.« Sonja bemerkte, dass ihre Stimme für einen Moment in den Tonfall Sören Dahlbergs gerutscht war.

»Was glauben Sie denn?«, sagte Aziz ernst. Die Vögel verstummten. »Ich hatte früher ein Haus mit einem Garten und einem Springbrunnen. Es dauerte fünfzehn Jahre, es zu bauen, und eine Minute, um es zu zerstören.«

»Verzeihung! Das tut mir leid«, sagte Sonja. »Wenn ich Durcheinander sehe, springt bei mir sofort die rote Lampe an. Berufskrankheit. Da kann ich manchmal nichts machen. Firmenphilosophie. Haben wir alle im Schlaf drauf.«

»Und die wäre?«

Sonja zögerte. »Du fühlst dich besser, wenn du sofort findest, was du suchst.«

Aziz lachte. Bot ihr einen Platz auf dem Sofa an.

»Ich glaube, ein frischer Minzetee bewirkt ein ähnliches Wunder.« Er goss ihr ein Glas Tee ein, setzte sich ihr gegenüber auf einen Klappstuhl. »Es geht um Licht, wie ich hörte?«

Mach aus deinem Becher einen ganz persönlichen, indem du z.B. Fotos in die Zwischenschichten steckst.

Sonja wischte sich einen nicht vorhandenen Staubfleck von der Jacke. »Ja, also die Beleuchtung ist der zentrale Aspekt. Wir wollen das Leben im Flüchtlingslager nachhaltig angenehmer machen. Das ganz normale Leben eben. Kochen, essen, entspannen. Jeder Moment ist uns wichtig. Hier beginnt … jeden …« Sie stockte. Schon wieder einer dieser Nachsprechsätze.

Aziz schmunzelte, schwieg. Wartete. »Und wenn es dunkel ist«, fuhr Sonja fort, »können die Menschen mit unseren Solarlampen lernen, arbeiten oder sich außerhalb der Unterkünfte sicher aufhalten. Die Zukunft hat etwas Besseres mit ihnen vor. Sie wird leuchten.« Die letzten Sätze hatte sich Sonja selbst ausgedacht. Es war ihr egal, wenn sie zu viel Pathos hatten und Sören Dahlberg sie niemals hätte einsprechen dürfen.

Aziz nahm einen Schluck Tee. »Das klingt nach einer sternenlosen Nacht in einer europäischen Stadt.«

Sonja fixierte Dr. Naphtali. »Einer Nacht, die auch ohne Strom sicher ist. Besonders für Frauen und Mädchen.«

Aziz wich Sonja Lunds Blick aus. Sah zum Fenster hinaus. Auf den ewig blauen Wüstentag. »Sie mögen den Nachthimmel nicht?«

Was soll das jetzt?, dachte Sonja. Ich habe mich doch klar ausgedrückt. »Doch, durchaus«, sagte sie. »Wo ich herkomme, ist er sogar sehr dunkel. Aber hier geht es nicht um Romantik. Hier geht es um eine Perspektive für Ihre Leute. Einen sicheren Platz, wo du auch einmal du selbst sein kannst. Ohne Angst und ohne Kosten.

Die Fairniture-Stiftung möchte dir bei der Einrichtung helfen.«

»Mir?«

»Was?« Verdammt, sie war schon wieder auf diese Katalogseiten gerutscht. »Na, Ihren Leuten. Das sind so unsere Redewendungen. Aber um Sie geht es natürlich auch. Auch Ihnen ganz persönlich wollen wir helfen.«

Aziz stand auf und ging zu den Vögeln. Die zuckten mit den Flügeln, putzten ihr Gefieder. Aziz öffnete den Käfig der Kanarienvögel und goss frisches Wasser aus einer Plastikflasche in eine Schale am Käfigboden, zog das Türchen wieder zu. Wiederholte die Prozedur bei den anderen Vögeln. »Niemand will sich hier einrichten«, sagte er wie ein Arzt, der seinem Patienten die Wahrheit eröffnet. »Jeder möchte weg. Keiner wird jemals damit einverstanden sein, dass das Lager unsere Zukunft sein soll. Selbst die, die hier schon von Anfang an leben. Das verstehen Sie doch, Frau Lund, oder?«

»Ja, natürlich«, sagte Sonja und nickte, obwohl sie sich das alles überhaupt nicht vorstellen konnte. Ihr Land hatte seit über 200 Jahren keinen Krieg geführt. Das hatte etwas mit ihren Leuten und auch ihr gemacht. Sie war hier um zu helfen. Wie alle Schweden. Und sie stand voll und ganz hinter der Firmenidee, das Lagerleben im wahrsten Sinne des Wortes aufzuhellen.

»Und Sie? Wie geht es Ihnen?«, hörte sie sich fragen. Warum fragte sie das? Wie sollte es ihm denn gehen? Sie sollte sich jetzt besser auf ihren Auftrag konzentrieren.

»Jede Nacht kommen Neue«, sagte Aziz.

»600,900,1000. Hört das niemals auf? Meine Kinder hat keiner gesehen. Ich habe jeden gefragt. So viele Kinder ohne Väter, Mädchen ohne Eltern. Jungs, die vor Langeweile verrückt werden. Und nicht nur die. Letztens haben sie den Container, in dem die Polizeistation untergebracht war, gestohlen. Einfach abtransportiert ans andere Ende des Lagers, als die Posten nicht da waren. Mister Kilian hat nur gelacht. Er findet es zwar nicht gut, aber er versteht es. Wir brauchen mehr Schulen, sagt er.«

»Dr. Naphtali, geht es Ihnen nicht gut?«

»Er weiß, dass er sich auf mich verlassen kann«, sagte Aziz.

»Wer?« fragte Sonja.

»Mister Kilian«, antwortete Aziz. Er ließ einen Moment verstreichen. Dann fasste er sich und sagte:

»Sie haben ganz recht. Wir werden, realistisch betrachtet, noch eine Weile hier sein. Da können wir es uns mit Ihrer Hilfe auch etwas gemütlicher machen, nicht wahr.« Aziz strich sich über den Bart. »Ich bleibe jedenfalls. Was soll ich in Europa oder in Amman. Hier im Lager bin ich sogar mehr als ich jemals war. Friedensrichter, Geburtshelfer, Heiratsvermittler, Hochzeitsplaner, Händler, Psychologe. Sie nennen mich manchmal sogar den Mahdi.« Aziz lachte. »Wissen Sie, wer das ist?«

»Nein, bedaure.«

»So heißt in unseren Schriften der Gerechte, der in der Endzeit auftaucht. Das ist natürlich Quatsch. Ich war nie ein besonders religiöser Mensch. Aber, dass wir in einer Endzeit leben, glauben viele hier.«

Sonja lief der Schweiß. Die Bluse klebte schon. Zu Hause wäre sie jetzt unter die Dusche gesprungen, hätte kalt aufgedreht und einmal richtig geschrien. »Wie gesagt, es geht ums Lernen«, sagte sie. »Ums Arbeiten und vor allem um Sicherheit im Lager.«

»Sicherheit ist das Einzige, was wir im Überfluss haben.« Aziz zeigte wieder nach draußen, wo irgendwo Security oder Militär patrouillierte.

»Und Licht«, sagte Sonja. »Sonnenlicht. Unbegrenzt.« Sie zog den Fairniture-Katalog aus ihrer Tasche und schob ihn auf den Tisch zu den Papieren.

»Sie kennen die Wüste nicht. Sie müssen sich in einen Stein verwandeln, um hier zu überleben. Aber wer will das schon.« Einer der Kanarienvögel nahm ein Bad im frisch gefüllten Bassin. Die anderen beobachteten.

»Es sind auch schon Leute verschwunden, wie man hört«, sagte Sonja unbeirrt. »Von Menschenhandel war die Rede. Mädchen, die auf dem Weg zur öffentlichen Toilette vergewaltigt wurden.«

»Ja, das ist vorgekommen«, unterbrach sie Aziz gereizt. »Aber das ist lange vorbei. Es waren chaotische Zeiten. Wir sind ein zivilisiertes Volk und nicht gewohnt, von Almosen zu leben. Haben Sie die Toiletten gesehen? Niemand will dorthin. Auch nicht wir Männer. Wenn wir etwas wirklich brauchen, dann ist es Privatsphäre.«

Das Bad ist der einzige Raum, in dem du mal ganz für dich sein kannst. Von hier aus startest du gut in den Alltag.

»Das ist menschlich«, sagte Sonja und klopfte sich mit zwei Fingern gegen die Stirn.

»Ich habe zwei Jahre für einen eigenen Wassertank gekämpft«, sagte Aziz. »Jetzt habe ich sogar ein Bad.«

»Wie bitte?«

»Ja.« Aziz hob die Hände, als priese er noch immer das Wunder. »Es ist zwar nur ein Verschlag ohne richtiges Dach, und natürlich illegal. Aber wenn Sie es benutzen wollen, nur zu, Frau Lund.« Aziz zeigte mit beiden Händen in die Richtung einer zweiten Tür, die etwas verdeckt hinter den Vogelkäfigen zum Vorschein kam. Dazu Handtücher und sogar ein dünner Bademantel an Haken.

»Etwas Wasser könnte mein Gesicht schon vertragen«, sagte Sonja.

»Sie können sogar duschen. Wüstendusche natürlich.«

»Dr. Naphtali, das geht doch nicht. Das kostbare Wasser.« Sie spürte den plötzlichen Durst ihrer Haut. Im Kopf das Schlagen der Maultrommel.

Die Tür hinter dir zu machen, damit du dein Leben leben kannst, wie du willst. Mit einem Handgriff frei.

»Natürlich geht das. Es ist mein Wasser. Nicht viel, aber für den Staub wird es reichen. Und danach sprechen wir über Privatsphäre und nachhaltige Gemütlichkeit. Wie heißt das bei Ihnen? Hygge?«

Sie duckte sich unter den Vögeln hindurch. »Danke, das ist wirklich zu freundlich. Schauen Sie doch in der Zwischenzeit schon einmal in unseren Katalog.«

Aziz Telefon sang. »Im Namen Allahs …« Er ließ es einen Moment singen, auch weil die Vögel es mochten und mitsangen. »Salam Malik … Ja, mach dir keine Sorgen. Wir sind im Zeitplan. Die Lieferung ist so gut wie eingetroffen. Deine Tochter wird die schönste syrische Braut, die der jordanische Himmel jemals gesehen hat. Natürlich auch das Brautkleid. Du kennst doch das Lied: Ihr Kleid ist nicht von Menschenhand gemacht. Genau so wird es sein, Malik. Allah wird uns gnädig sein. Ma'salaam.«

Das Bild von Maliks Tochter Nursah stieg in Aziz hoch. »Nursah, du bist schöner als der Morgen«, hatte er gesagt wie zu seiner eigenen Tochter. »Du hast etwas Besseres verdient als das Lager.« Aber Nursah hatte geweint. Sie wollte nicht. Das Bild, das ihr Aziz gezeigt hatte, überzeugte sie nicht. Und auch Aziz fand seine Rolle als Heiratsvermittler schwierig. In Europa hatte er eine ganz andere Welt der Liebesbeziehungen kennengelernt. Aber hier musste die Tradition beachtet werden, die Not, die Zukunft. Vor allem die. Nursah würde eine Zukunft haben. In Europa. »Dort, wo wir Dich hinschicken, kannst Du glücklich werden. Moussa ist ein wohlhabender, gebildeter Mann. München wird Dir gefallen. Und die Liebe wird dazukommen. Nursah, Königin des Lichts, strahle! Warte nicht länger. Rette Dich! Ich hatte auch eine Tochter. Sanft wie der Mondschein. Sie war Amir versprochen. Sie liebte ihn sogar. Amir hat nun das Mädchen aus dem Ostteil des Lagers geheiratet. Die Tochter eines Elektrikers.« So hatte Aziz mit Nursah gesprochen und schließlich ihre Einwilligung erreicht. Das war ihm wichtig. Obwohl die Eltern des Mädchens längst alles besprochen hatten.

Wusstest du schon, dass du jetzt in den Zimmern der anderen stöbern kannst? Stell auch du deine besten Einrichtungsideen ins Netz. Schau nach dem echten Leben. Das ist der Moment, wo alles zueinander findet. Nicht nur die Teile und die Schrauben. Wo alles passt. Du und deine Community von Fairniture.

Sonja stand in einem mit Tüchern verhängten Verschlag. Das Wasser floss in einem dünnen Strahl aus einer Art

Gartenschlauch über ihr Gesicht, ihre Brust, den Rücken, überall hin. Es tat so gut. Für Sekunden träumte sie sich in eine Strandkabine an der Cote d'Azur, legte nach dem Schwimmen ihr Sommerkleid an und flanierte mit Lars über die Uferpromenade. Zurück ins Hotel. Wo sie sich am offenen Fenster liebten.

Die Kunstwerke deiner Kinder sind unbezahlbar. Die Rahmen dafür erschwinglich.

Sonja stellte die Dusche ab. Was mache ich denn hier? dachte sie. Bin ich verrückt? Ich soll das Projekt voranbringen. Ich hab mich gehen lassen. Ziehe mich hier aus und zwitschere mit den Vögeln. Sonja! Aber hey! Was war das auf einmal für ein Lärm? Wurden sie angegriffen? Der Hubschrauber kam schnell näher.

»Dr. Naphtali, was ist da los?«, rief sie, trocknete sich hastig ab und schlüpfte in ihre Casual-Kombi. Zum Glück eine frische Ersatzbluse dabei. Zitterte leicht beim Zuknöpfen.

»Keine Sorge, Frau Lund«, sagte Aziz ruhig.

»Wahrscheinlich bringen sie einen Kranken nach Amman. Das machen sie manchmal, wenn größere Operationen notwendig sind. Ah, da sind Sie ja wieder.«

»Hier weiß man Wasser erst richtig zu schätzen.«

»Hier hat es zwar zuletzt im vorigen Jahrhundert geregnet«, sagte Aziz. »Aber als Distriktleiter bekomme ich hin und wieder Nachschub.« Er lächelte. »Die wollen ja nicht, dass ihre lokalen Hilfskräfte aussehen und riechen wie Wegelagerer, wenn mal wieder Angelina Jolie das Lager besucht.« Aziz strich sich amüsiert über den Bart. Für einen Moment sah sich Sonja in einer Filmszene.

George Clooney verwöhnt sie mit Blicken. Seine Hände begrüßen sie, die blonde Angelina Jolie, die im Lager geduscht hat und nun mit verstrubbelten Haaren vor die Presse tritt. »Verzeihung!«, sagte Sonja, fischte eine Bürste aus ihrer Tasche und verschwand noch einmal im Verschlag, wo ein kleiner Spiegel an einem Draht baumelte. »Ich bin gleich wieder bei Ihnen«, rief Sonja. »Haben Sie sich schon einen Eindruck von unserem Angebot verschafft?«

»Leider nein«, sagte Aziz. »Ich hatte inzwischen ein paar wichtige Telefonate zu führen.«

Sonja gefiel, was sie in dem winzigen Spiegel sah. Die leichte Wildheit der Haare. Immerhin hatten die Wimperntusche und der Eyeliner überlebt. Ihr Mund. Was spukte denn da durch ihren Kopf? Geh raus und komm zur Sache, Sonja Lund.

»Schade«, sagte sie und ging zurück in den Container, wo Dr. Naphtali das Cover des Fairniturekatalogs betrachtete. Ein Schlafzimmer im Wald. »Für die Leuchtmittel kommt unsere Stiftung auf. Alles weitere – nun, wir sind natürlich keine Wohlfahrtsorganisation, sondern …«

»… ein internationaler Konzern.« Aziz löste seinen Blick vom Märchenschlafzimmer.

»Ein globales Unternehmen, für das allerdings nachhaltiges und faires Produzieren …«

»… Firmenphilosophie sind.« Diese Sonja Lund gefiel ihm. Er war ja nicht nur Distriktleiter, er war auch ein Mann mit Augen im Kopf. Aber vielleicht sollte er diesen Gedanken besser nicht weiterdenken. Das gäbe bloß Ärger.

»Das ist keine technische, sondern eine ethische Herausforderung. In der Tat.« Sonja setzte sich zu ihm und zeigte auf den Katalog. »Sie haben sich anscheinend doch schon mit unserer Idee vom Licht ohne Grenzen vertraut gemacht. Die finanzielle Frage regelt sich. Wir richten ja hier keine europäischen Wohnzimmer ein. Bei Ihnen geht es, wenn ich so sagen darf, um Ordnung auf kleinstem Raum. Und das Licht in seiner wichtigen Funktion als Spender einer friedlichen und inspirierenden Atmosphäre. Wollen Sie mal schauen? Hier, wir bieten Stehlampen an, Tischlampen, Scheinwerfer für Flutlicht, Leuchtwürfel. Alle von Sonnenenergie betrieben.«

Aziz lachte. »Krok, Duk, Kille. Piller. Sova gott. Toll, diese Namen. Was bedeuten sie denn?«

Sonja fühlte sich gut. Endlich ging es los. »Haken, Stoff, Kerl, Pille, gute Nacht«, erklärte sie. »Das wird natürlich anders gesprochen.«

Aziz lachte erneut. »Die Stehlampe haben sie Kerl genannt? Das ist stark. Da wird kein Syrer nein sagen können.«

»Ich habe mir das nicht ausgedacht. Dafür haben wir unsere Spezialisten.«

Bist du Stapler, Falter oder Hänger oder alles zusammen? Entdecke Stauraum, wo du ihn am wenigsten erwartest. Du brauchst keine neue Wohnung.

Aziz blätterte weiter durch den Katalog. Alle lachten. Alle sahen gut aus. Eine helle, weiße Welt. Aufgeräumte Zimmer, bunt gedeckte Tische, herumtollende Kinder. Tipps vom Chef-Designer Olaf gegen das Chaos. Filzgleiter halten deine Böden schön. Dort, wo er gelebt hatte, gab es nichts mehr. Hier im Lager war es so schlecht nicht.

Bald würden sie eine Solaranlage bekommen. Hunderte von Geschäften gab es schon. Gemüse, Joggingschuhe, Hochzeitskleider. Wir lassen uns nicht hängen.

»Ich weiß, dass das eine Traumwelt ist«, sagte er. »Solche Zimmer, solche Menschen gibt es nicht. Nicht einmal in Europa. Ich habe sie jedenfalls nicht gesehen. Und überall dieses Blankgeputzte. Als wäre eine – verzeihen Sie – Zwangsneurose erstrebenswert.«

Sonja nahm einen Schluck vom inzwischen kalten Tee. »Sie haben nicht ganz unrecht, Dr. Naphtali. Wir verkaufen Träume. Aber was ist falsch daran? Wir wollen das gute Leben.«

Aziz nickte. Er schlug die Seite mit den Vorschlägen zur Klimarettung auf. »Ein fleischfreier Montag«, las er vor. »Die Kleidung auslüften, nicht immer gleich waschen. Und wenn dir kalt wird, wickle dich in Decken, anstatt am Thermostat zu drehen.«

»Worauf wollen Sie hinaus, Dr. Naphtali?«

»Ich bin Aziz«, sagte er. »Nennen Sie mich Aziz.«

»Also gut, Aziz. Mir ist schon klar, wie das auf Sie wirken muss. Ehrlich gesagt, mir gehen diese Sprüche und die schicken Bilder auch manchmal auf den Geist. Aber eine gute Beleuchtung halte ich trotzdem für eine gute Idee. Ob in europäischen Wohnungen oder hier oder anderswo. Und ich bin Sonja.«

Aziz gab ihr den Katalog zurück. »Das können Sie ja morgen alles Mister Kilian erzählen, Sonja.«

»Hab ich Sie verärgert, Aziz?«

»Ach was«, sagte Aziz. »Lycka, Smycka, Hoppas. Das sind schon verrückte Namen für einfache Gegenstände.«

»Für europäische Ohren klingt das lockerer als Glück, Schmeichelei oder Hoffnung. Und prägt sich leichter ein«, sagte Sonja. »Dass unsere Sprache als lustig betrachtet wird, haben wir zum Geschäftsmodell entwickelt, das nun schon Generationen verbindet.«

»Apropos gute Nacht«, sagte Aziz. »Ich glaube, wir haben ein wenig die Zeit vergessen.«

»Du lieber Himmel, ja!« Sonja sprang auf und lief zum Fenster. »Die Sonne geht bald unter.«

»In der Wüste kommt die Nacht schnell. Aber sie ist auch sehr hell.«

»Können Sie diesen Faruk anrufen?«

»Nur die Ruhe, Sonja. Wir haben doch gerade erst angefangen mit Ihren cleveren Möbeln. Und Faris, ich weiß nicht, ob er kommt. Heute ist ein wichtiges Fußballspiel im Fernsehen. Unsere Nationalmannschaft gegen Japan. Asienmeisterschaft. Dafür bleibt sogar im Lager der Strom länger an.«

»Dann muss ich mein Hotel in Amman anrufen. Die sollen mir einen anderen Wagen schicken.«

»Gut, ich rufe ihn sofort an. Er wird schon können. Für ein kleines Extra vergisst er sicher auch den Fußball.« Aziz griff sich sein Handy. »Setzen Sie sich«, sagte er, während er auf die Stimme am anderen Ende der Leitung wartete.

»Faris? Yes, it's me. Aziz. Listen! Mrs. Lund, the customer you've brought, she needs a transfer to Amman now.«

Eigentlich sollte ich hier übernachten, dachte Sonja. Dann muss ich morgen nicht noch mal diese Affentour machen. »Vielleicht kann ich bei Mister Kilian eine Nacht bleiben«, sagte Sonja. »Der verfügt doch sicher über Gästebetten oder weiß, wo ein freies Bett für Auswärtige steht.«

»One Moment, Faris!« Aziz nahm das Telefon vom Ohr. »Was sagten Sie? Übernachten?«

Quatsch!, dachte Sonja. Ich hab nicht mal eine Zahnbürste dabei. »Vergessen Sie es!«, sagte sie. »Er soll kommen.«

Sonja nahm den Katalog. Ihr Blick fiel auf das Deckblatt. Ein Schlafzimmer im Wald. Das hatte sich Lars ausgedacht. Der saß jetzt an seinem Schreibtisch in seinem kühlen Zimmer und entwarf neue Idyllen.

»Du und deine Abenteuer«, hatte er gesagt. »Was soll das denn heißen, Lars? Als Repräsentant von Fairniture muss ich vor Ort sein, bei den Leuten. Und ich will auch was erleben. Was weißt du schon, Lars.« Ihr fiel ein, dass ein Anruf bei ihm schon überfällig war. Sie hatten das vereinbart. Obwohl es eher seine Sicherheitsgründe waren.

Aziz legte das Handy beiseite. »In spätestens zwei Stunden ist Faris hier. Er sitzt gerade noch beim Essen. Apropos Essen. Haben Sie keinen Hunger?« Aziz zeigte auf die Kochnische. »Ich habe etwas Linseneintopf da und ein paar süße Sachen. Wir stellen uns die Klappstühle auf und genießen die Nacht, bis Faris da ist. So einen Himmel sehen Sie nicht oft. Was meinen Sie, Sonja?«

»Ihr Eintopf ist wahrscheinlich auch einzigartig«, sagte Sonja. Hoffentlich nichts mit Hammel, dachte sie.

»Stimmt!«, sagte Aziz und rieb sich die Hände. »Rezept meiner Mutter. Entspannen Sie sich. Mitternacht sind Sie im Hotel und morgen bringen Sie das Geschäft mit Mister Kilian zu Ende.«

»Sie haben ja recht, Aziz.«

Aziz nickte. »Und Fleisch habe ich ohnehin nicht«, sagte er und grinste. »Dann nehmen Sie schon mal Platz auf der Terrasse. Hier sind die Klappstühle.«

Während Aziz in der Kochnische hantierte, trug Sonja die Stühle nach draußen. Vor den Containern auf der anderen Seite knieten hier und da Männer auf Gebetsteppichen, öffneten die Hände gen Himmel, murmelten, verbeugten sich. Auf der Rückseite des Containers hatte ihr Gastgeber eine kleine Terrasse angelegt. Ein Stück flach getretenen Kunstrasen, ein Segeltuch über einem Gestänge, ein runder, von der Hitze gedörrter Plastiktisch. Sie stellte die Stühle dazu. Setzte sich. Erst jetzt bemerkte sie, dass sie sich ganz am Ende des Lagers befand. Vor ihr nur noch die weite Wüstenlandschaft, die in der dunkelvioletten Dämmerung verschwand. Darüber das letzte Rosarot am Horizont und die ersten Sterne.

Sonja hörte Teller klappern, das Rühren in einem Topf. Aziz, der eine Melodie der Vögel aufgriff und pfiff. Und plötzlich war da auch in ihrem Kopf ein Lied, und sie begann leise zu summen. Dann die erste Zeile zu singen, an die sie sich erinnerte. Wie es weiterging, hatte sie vergessen. Summte die melancholische Melodie, bis Aziz mit den Tellern und Löffeln kam.

»Singen Sie doch weiter.« Er setzte sich dazu.

»Ich kann nur die erste Zeile«, sagte Sonja. »Seltsam, dass mir das ausgerechnet hier einfällt.« Sie aßen den Eintopf. Linsen, Gemüse, Schärfe. Sonjas Mund brannte vom Eintopf. Sie nahm einen Schluck kalten Tee.

»Worum geht es in dem Lied?«

»Unerfüllte Liebe, glaube ich.«

Eine Weile nippten sie still an den Gläsern und betrachteten die Sterne. Ab und zu war leise das Gebetsmurmeln der Männer zu hören, bis auch das verstummte.

»Wahnsinn!«, flüsterte Sonja irgendwann. »Es werden immer mehr. Wie in meiner Kindheit. Wissen Sie, wir wohnten an einem See. Manchmal saß ich da nachts mit meinem Vater. Wir angelten, und die Sterne spiegelten sich im Wasser. Du wusstest nicht, wo oben und unten ist. Und wenn ein Fisch anbiss, war das so, als hättest du einen Stern gefangen. Später zogen wir in die Stadt. Ich war eine Ewigkeit nicht mehr unter so einem Sternenhimmel.«

»Ich vergesse manchmal, dass ich in einem Flüchtlingslager bin«, sagte Aziz. Er rieb sich mit der Hand über das Herz. »Die Kinder sind schon im Bett und ich sitze noch mit meiner Frau auf der Terrasse. Meine Nachbarn tun das gleiche. Das ganze Dorf pilgert auf den Sternenwegen. Das Sternenlicht bekommt ihnen gut. Die meisten sehen dann aus, wie sie immer aussehen sollten. Sie gleichen dem lichten Gefährten, der in ihnen wohnt. Auch scheint es, sie vermögen freier und besser zu sprechen und treten reiner aus ihren Schalen hervor, während das himmlische Bilderbuch kreist.«

»Schön.«

»Ist von einem deutschen Soldaten, der in der Wüste in einem Gefangenlager war im letzten Jahrhundert.«

Bald war es Nacht. Hinter dem Container leuchtete schwach eine Straßenlaterne. Fern, auf der Grenzmauer, die das Lager umgab, ein dünnes Band Lichtperlen. Sonja und Aziz saßen in der Dunkelheit. Nur noch Umrisse des anderen.

»Darf ich fragen, was mit Ihrer Familie geschehen ist?«

»Meine Frau starb bei einem Bombenangriff. Die Kinder waren verschwunden. Vielleicht sind sie rausgerannt. Ich weiß es nicht. Ich kam vom Dienst aus dem Krankenhaus. Aber lassen Sie uns von etwas anderem reden. Warum sind Sie allein? Haben Sie keinen Mann, der auf Sie aufpasst?«

Sonja spürte wieder, dass sie auf einem Plastikstuhl in einem Lager saß, im Dunkeln. Lars meldete sich in ihrem Kopf. Den Anruf hatte sie total vergessen. Der lief jetzt wahrscheinlich Kreise im Wohnzimmer. »Ich bin eine europäische Frau. Sie haben doch dort gelebt. Wir brauchen keine Aufpasser. Warum fragen Sie das, Aziz? Das geht Sie nichts an.«

»Verzeihen Sie. Ja, Sie haben ganz recht.«

Sonja fasste sich an den Nacken. »Ich glaube, mir ist ein bisschen schwindlig von der Sternenguckerei.«

»Das ist nur, weil Sie es nicht mehr gewohnt sind. Und auch wegen der Lichtverschmutzung. Wussten Sie, dass es laut UNESCO ein Recht auf Sternenhimmel gibt?«

»Verrückt!«, sagte Sonja.

»Finden Sie?« Plötzlich fing Aziz zu singen an. »Das Lied habe ich mal gehört, als ich in Europa war. Ein paar Briten stellten sich vor, wie sie mit einer Karawane durch die Wüste ziehen. Viele Menschen glauben, dass die Sterne die Seelen der Verstorbenen sind. Deswegen macht uns der Anblick traurig und sehnsüchtig zugleich. Das Hochschauen tut weh. Nicht nur im Genick. Es aber nicht zu tun, geht auch nicht. Den Nachthimmel nicht mehr sehen zu können, weil überall Beleuchtung steht, das wäre so, als würden wir unsere Toten vergessen. Wir brauchen ihn. Er heilt uns.«

»Und da komme ich mit meinen Kille-Lampen.«

»Ach was! Keiner will im Dunkeln oder bei Öl-Lampen oder Kerzen sitzen. Außerdem gibt es immer wieder Unfälle, wenn sich welche illegal Strom abzapfen. Die Toten fürchten ohnehin kein Licht und keine Grenzen. Die finden uns auch so jede Nacht.«

Plötzlich donnerte es in der Entfernung. Explosionen in kurzen Abständen. »Was ist das, Aziz? Da blitzt es.«

»Das ist der Krieg«, sagte Aziz ruhig.

»Wo bleibt dieser Feisal?«

»Keine Sorge. Das ist weit weg. Bis zur syrischen Grenze sind es vierzig Kilometer. Sie sind hier vollkommen sicher, Sonja. Allerdings …« Aziz stand auf und lugte um die Ecke, den Hauptweg von Distrikt 10 hinunter. »Da hinten sind überall noch Fernseher an. Ich frage nach, was Faris macht.«

Sonja starrte unruhig auf den dunklen Horizont, der immer wieder aufleuchtete und lärmte. Sie glaubte sogar, die winzigen Schatten und Raketenspuren von Flugzeugen zu sehen. Aus Aziz Handy schnarrten erregte Stimmen, Anfeuerungen von Zuschauern.

»Faris! Where are you?«

Warum der mit dem immer Englisch sprach, fragte sich Sonja. Aber es ging ja schließlich um sie. Und Aziz berücksichtigte das.

»Die Armee hat die Straße gesperrt. Faris kommt nicht durch.«

Inzwischen war der Mond aus seinem Versteck aufgestiegen. Rötlich und sehr nah. »Schauen Sie!«, sagte Aziz.

»Und jetzt?«, fragte Sonja.

»Sie bleiben selbstverständlich mein Gast.« Aziz schmunzelte. »Wie heißt es bei Ihnen: Richte dir mit

Kille, Pille oder Kudde ein Eckchen ein, wo du ungestört bist, wenn mal Trubel um dich herum ist.«

»Machen Sie sich nur lustig, Aziz« sagte Sonja.

»Ich habe nur die weisen Worte Fairnitures zitiert.«

»Mir wird kalt«, sagte Sonja.

Später, als sie unter den Decken lagen, die Vögel schliefen und nur noch das feine Rauschen der Stille in ihren Ohren war, sagte Aziz: »Vorhin, als Sie von dem See Ihrer Kindheit erzählt haben, fiel mir ein Wort ein. Yakamoz. Das ist vor Jahren einmal zum schönsten Wort der Welt gewählt worden. Yakamoz. So heißen bei den Türken die Spiegelungen des Mondes im Wasser. Inzwischen aber auch ganz viele Imbissbuden mit Neonbeleuchtung.«

Das sollten wir unbedingt als Produktnamen für eine neue Lampe in den Katalog nehmen, dachte Sonja. Irgendwann sank sie in den Schlaf. Sie saß am See und fischte Sterne.

Ich bin Du

Power hat er ja. Nicht mal fünfzehn Minuten von meiner Wohnung bis zum Buchladen. Bei mir ziehts in den Oberschenkeln. Zeit, dass ich mal wieder was für meine Fitness tue. Verdammt nochmal. Muss das ausgerechnet jetzt anfangen zu regnen? Wir stehen vor dem Schaufenster. Ich natürlich etwas abseits. Aber Heiner direkt davor. Er lächelt den Regen an. Badet sein Gesicht. Die Augen geschlossen. Seine Haare voller kleiner Wasserperlen. Ein gutaussehender Mann in den besten Jahren. Es ist noch Zeit, dem Leben eine Wendung zu geben.

»Jetzt wirds ernst«, sage ich. »Heiner, du weißt, was du zu tun hast?«

Heiner hält noch immer die Augen geschlossen. Seltsam, wie er den Regen genießt. Interessantes emotionales Feature. »Ich denke schon«, sagt Heiner und öffnet die Augen. »Ich sage: Hallo Stephan, ich war gerade in der Straße unterwegs. Ist das Buch schon da, das ich bestellt habe?«

»Welches?«, frage ich.

»Weiß er das denn nicht?«

»Doch, aber nur für den Fall.«

»Das Liebesleben der Paviane. Warum lachst du?«

»Okay, da hast du noch Lücken. Das ist ein Buch von Charles Bukowski. Es heißt ›Das Liebesleben der Hyäne‹.«

»Ach so, das.«

»Genau. Und sonst nicht viel reden. Dein Tonfall ist noch nicht so ganz hundertprozentig. Das Reden besorgt schon der Buchhändler. Der fragt bestimmt, wie ich den letzten T. C. Boyle fand. Was antwortest du dann?«

»Ich habs noch nicht gelesen.«

»Nee, das geht nicht. Da wundert er sich.«

»Aber es stimmt doch. Du hast es noch nicht gelesen.«

»Was stimmt und was nicht, sag ich dir schon.«

»Wenn ich nicht die Wahrheit sage, komme ich durcheinander. Etwas auswendig aufsagen, das kommt nicht gut. Das fällt auf.«

»Woher willst du das denn wissen? Na, das fängt ja gut an. Red bloß nicht so neunmalscharf daher, ja. So bin ich nicht. Versuch, lässiger zu klingen, beiläufiger. Ungefähr so: Ja, nicht schlecht. Aber wie du weißt, finde ich seine Erzählungen deutlich besser. Außerdem, achte auf dein Sprechtempo. Du bist immer noch zu langsam. Stephan denkt nachher noch, ich hab irgendwas genommen.«

Heiner schweigt. Nickt. Dann sagt er: »Heißt es nicht neunmalklug?«

Ich atme genervt. »Siehst du, das meine ich. Ach, was solls. Probieren wirs. Hauptsache, er hält dich für mich. Stephan und ich kennen uns schon seit der Schulzeit. Wenn der nichts merkt, ist das schon mal was, dann können wir mehr wagen. Sonst machst du erstmal weiter bei mir sauber und besorgst die Einkäufe.«

Heiner verschränkt die Arme. »Entschuldigung, aber ich bin ein Supreme Double und kein japanischer Haushaltsroboter, der nur Staubsaugen und Wäsche sortieren kann. Ich bin dazu da, du zu sein. Rainer Barthelheimer, 48 Jahre alt. Lehrer für Geschichte.«

»Mensch, ja, ich weiß, wer ich bin. Jetzt sei doch nicht gleich beleidigt. Glaub mir, ich will auch unbedingt, dass das klappt. Endlich Zeit haben für meinen Roman. Aber wenn die rauskriegen, dass nicht ich unterrichte, sondern eine, entschuldige, Maschine, die nur so aussieht wie ich, dann ade Beamtenbezüge, bye-bye Pensionsansprüche. Einfach aussteigen ohne Sicherheiten. Nein! Das geht nicht. Das will ich auch nicht. Es muss perfekt sein.«

»Keine Sorge. Ich bin ein Supreme Double. Ich bin in der Lage ...«

Ich boxe ihm aufmunternd gegen die Schulter.

»Natürlich. Also jetzt rein mit dir, ich bleib hier draußen in Deckung. Aber mach nicht so lange. Mir läuft das Wasser schon in die Schuhe. Scheiß Wetter.«

»Mir macht das nichts. Ich finde es gut. Ich fühle mich gleich viel lebendiger.«

»Ist mir schon aufgefallen. Na, ist wahrscheinlich mit im Programm. Spürst du noch mehr?«

»Die Luft ist angenehm frisch.«

»Mmh. Ich krieg bei Regen schnell schlechte Laune. Jedenfalls beobachte ich dich. Falls was aus dem Ruder läuft, klingle ich dich auf deinem Handy an, und du erzählst dann Stephan was von Notfall und dass du sofort weg musst. Ist das klar?«

»Das passiert schon nicht. Ich bin ja du.« Heiner grinst bossig. Hatte ich das bei den Scans so aufgeführt? Ich wusste gar nicht, dass ich das draufhabe. Zack, jetzt stößt er die Ladentür auf.

»Stephan, altes Haus«, ruft Heiner.

Altes Haus? Den Spruch kann Stephan gar nicht ab. Siehste, sofort Stirnfalte. Starrt Heiner an. Sagt nichts? Ojeh, wo ist mein Handy? Ich breche die Aktion besser sofort ab. Ah, doch, jetzt lächelt er. Kommt hinter seinem Tresen vor, legt den Kopf schief. Haut bestimmt einen seiner Begrüßungssprüche raus. Lehrer, einen

Kopf leerer, sowas in der Art. Verdammt, weiß Heiner überhaupt, was lustig ist und was nicht? Er nickt. Ich kann sein Gesicht nicht sehen. Warum hilft ihm denn Stephan aus dem Mantel? Du sollst bloß nach dem Buch fragen, Superdublette! Sie gehen nach nebenan in den Leseraum. Und wenn ihm Stephan jetzt mit seinen Scherzfragen kommt? Na, Herr Lehrer, was macht die Zukunft der Nation oder letztens kam ein Roman hier vorbei und fragte, wo sein Autor bleibt. Ach Blödsinn! Was rege ich mich auf. Scheint doch ganz gut zu laufen. Stephan bringt jetzt sogar Kaffee. Und Heiner fällt schon was ein. Das Einkaufen gestern hat er ohne Probleme hinbekommen, der sehr jungen Kassiererin gesagt, es handle sich um Broccoli, als sie die auf ihrer Liste nicht fand.

Allerdings dann die kleine Panne, als wir wieder zu Hause waren. Wir sitzen da und gehen die Unterrichtsmaterialien zum Nahostkonflikt durch, der in einem halben Jahr in meinem Leistungskurs dran sein wird. Simulieren eine Gesprächssituation. Heiner als ich, ich als mein Schüler Malte, der mich mit seinem Spezialwissen vorführen will. Besser gesagt mit seinen unbeantwortbaren Fragen. Heiner ausgesprochen souverän. Schön, dass du schon so tief in die Materie eingestiegen bist. Ich werde das gerne bis zum nächsten Mal aufbereiten. Was sagen die anderen? Solche Sätze fallen. Vielleicht kann er am Montag einfach eine Probestunde in meiner Achten machen. Bauernkriege. Dann klingelt das Telefon. Die Nummer meiner Mutter wird angezeigt. »Okay, Heiner, jetzt wirds ernst«, sage ich. »Sie ist es. Bist du bereit?« Heiner ballt die Faust. Ein bisschen überzogen. »Du lässt sie erzählen.«

Dann übernimmt Heiner. Wir haben auf laut gestellt. Als ich die Stimme meine Mutter höre, stehe ich sofort im Schweiß. In Heiners Gesicht keine Regung. »Hallo, wie steht es mit den Bauarbeiten?«

Perfekter Einstieg. Guter Ton. Meine Mutter feuert sofort los. »Lieber Gott im Himmel, das ist ein Staub. Wenn das so weiter geht, dann gehe ich ins Hotel. Ich hab meine Rollos alle runter, weil es vor Dreck nicht mehr auszuhalten ist. Das ist alles schon in der Wohnung drin. Jetzt haben sie große Löcher, so groß wie mein Schlafzimmer, in den Boden reingebohrt mit so nem Meißel, och, hat das hier gedonnert. Und da schütten sie jetzt den Schutt rein. Muss man sich mal vorstellen.« Meine Mutter lacht ihr Zauberlachen, an dem sie sich festhält, wenn sie sich wundert über den Irrsinn, der ihr auflauert. Dieses Ich-bin-eine-Frohnatur-sonst-hätte-ich-das-alles-nicht-überlebt-was-ich-erlebt-habe-Lachen.

»Ja«, sagt Heiner und nickt, »das ist allerhand.«

»Heute früh um sieben ging das Getöse los. Brocken schmeißen die raus aus dem Fenster, das hast du noch nicht gesehen. Wir ersaufen hier im Dreck.«

»Das glaube ich gern.« Heiner nüchtern, aber nicht zu nüchtern.

»Genau so. Klasse!«, flüstere ich.

»Wie geht es dir denn?« Heiner im besten Sohn-Stil.

Wunderbar. Ich zeige ihm den Okay-Daumen.

»Es geht mir gesundheitlich nicht aufregend. Ich schlafe schlecht, ganz schlecht. Bin immer wieder wach. Naja. Hab alle möglichen Träume. Lieber Gott, was ich zusammenträume. Naja, mein Schatz.«

»Erstmal nicht antworten!«, flüstere ich wieder. »Sie macht schon von sich aus weiter.« Heiner bleibt stumm.

Ich zähle von dreiundzwanzig abwärts.

»Warum flüsterst du? Hallo? Bist du noch da?«

»Ja, ich höre?« Heiner sachlich. Unbeeindruckt. Bewundernswert. Das ist schon mal ein gutes Feature des Programms.

»Rainer, es ist aber auch alles eingestaubt, wo ich anfasse, ist alles Müll. Alles weiß und verdreckt. Es kraucht alles in die Wohnung. Man muss es einfach sauber machen. Ich komme gar nicht hinterher mit der Wischerei. Und ich bin schließlich keine neunundsiebzig mehr.«

»Da helfe ich dir doch«, sagt Heiner. Ich könnte morgen um zwölf Uhr. Passt dir das?«

»Nein, nein. Was machst Du denn?«, zische ich.

»Das ist aber schön. Dann essen wir erstmal zu Mittag. Ich hab noch Königsberger Klopse. Wie lange kannst du denn bleiben? Es ist wirklich eine einzige Katastrophe mit dem Dreck.«

»Um zwei, sag um zwei! Du hast Karten für … für … für Hertha«, flüstere ich.

Heiner winkt ab. »Ich weiß nicht, so gegen fünf. Ich habe Zeit.«

Ich stehe einen Moment wie angezählt. Was läuft denn hier?

»Oder lieber um eins?«

»Bei dir? Ja, das passt mir auch.«

»Hör sofort auf damit! Ich will meine Ruhe. Ich brauche die Zeit für meinen Roman.« Ich will ihm das Telefon wegnehmen, aber er weicht mir geschickt aus, läuft damit durchs Zimmer.

»Ist dir lieber? Also ich glaube, eins wäre schon besser«, sagt meine Mutter.

»Ja. Eins ist perfekt.«

»Aber komm nicht zu spät! So, mein Schatz, dann machs gut, Tschüss.«

»Bis morgen.«

Ein Moment Stille. Heiner lässt ein Fragezeichen aus den Händen aufsteigen. »Was ist denn? Ich habe nur das getan, was in dir ist.«

Jetzt habe ich das Fragezeichen über meinem Kopf stehen, wie bei einer Comic-Figur. Wunderbar. Da darf ich dann morgen antraben. Ist aber auch nicht so schlimm, denke ich. Ich vergesse manchmal, wie alt sie schon ist. Und der Krieg, die Flucht. Wenn sie im Fernsehen was von Flüchtlingen zeigen, kann ich auf den Anruf warten. »Neuerdings stehen manchmal Tote an meinem Bett«, erzählt sie dann. »Zerlumpte Gestalten. Die schweigen bloß. Winken. Die wollen, dass ich zu ihnen komme. Aber ich schreie die an: Verschwindet!« Bei Heiner ist das Mitgefühl offensichtlich im Programm gespeichert. Schönes Feature bei ihm. Ich habe nur getan, was in dir ist. Gibt mir zu denken. Dann kann er vielleicht doch morgen zu meiner Mutter gehen. Die ultimative Probe. O Gott, nein! Viel zu riskant. Sie stellt immer so viele Fragen. Wenn sie erstmal stutzig wird. Ich hab Heiner erst so kurz. Er kann frühestens Weihnachten bei ihr zum Einsatz kommen. Am Ende bringt sie ihn noch dazu, dass ich wieder bei ihr einziehe. Ach, das ist gar nicht so leicht, wie ich dachte. Muss mich erst an die neuen Möglichkeiten gewöhnen. Immerhin, der Junge denkt mit, der weiß, wozu ich ihn langfristig brauche.

Ein heftiger Windstoß holt mich aus meinen Gedanken. Ich lehne an der Hauswand neben dem Laden. Heiner! Was macht er denn gerade? Kaum was zu erkennen bei dem Wetter. Muss doch näher ans Schaufenster ran. Hätte ich bloß einen Schirm mitgenommen. Nanu, Stephan steht wieder hinter seinem Tresen. Wo ist denn Heiner? Auf der Toilette vielleicht. Ich zücke mein Handy und wähle die Notfallnummer. Freizeichen. Stephan zuckt nicht. Der hasst Handys. Wenns bei dem hinten auf der Toilette klingeln würde, wäre der jetzt anders drauf. Plötzlich Stimmen, Lachen, Gläserklirren.

»Hallo, hier Barthelheimer?«

»Ja, hier auch Barthelheimer. Heiner, was fällt dir ein, einfach so abzuhauen, ohne mir Bescheid zu sagen. Wo steckst du, verdammt?«

»Ich bin in der Dicken Wirtin, hier gleich um die Ecke in der …«

»Ja, ich weiß, wo das ist. Um Himmelswillen, da kennen mich doch alle.«

»Stimmt. Der Wirt hat mir gleich ein Bier und einen Wodka hingestellt.«

»Du hast das doch hoffentlich nicht getrunken? Wir wissen noch gar nicht, wie Alkohol bei dir anschlägt.«

»Doch.«

»Was heißt doch?«

»Ein Bier. Und den Wodka haben wir gleich auf ex getrunken. Ohne Probleme. Alles unverändert.«

Vor meinen Augen flimmerts. »Ich glaub, bei dir hackts!«, schreie ich. »Du kommst jetzt sofort da raus! Das ist überhaupt nicht abgesprochen. Du solltest bloß das Buch holen.«

»Das kommt erst nächste Woche. Muss Stephan antiquarisch besorgen.«

»Ich besorg es dir auch gleich antiquarisch. Heiner, du zahlst jetzt! Mensch, hab ich dir überhaupt Geld gegeben?«

»Keine Sorge. Grit hat mich eingeladen.«

»Lass notfalls anschreiben. Bei Dieter hab ich nen Deckel. Der hat dich also für mich gehalten. Nicht übel.«

»Oh, da hinten kommt sie. Schick!«

»Äh … Moment mal! Wer? Wer hat dich eingeladen? Ich lasse mich grundsätzlich nicht einladen.«

»Eine Kollegin von dir. Die kam auch in den Buchladen. Hast du die denn nicht gesehen? Ganz nette Person. Fragte mich, ob wir nicht was trinken gehen wollen.«

»Wer? Ich hab noch nie mit einer aus der Schule. Viel zu riskant.«

»Mensch, deine Kollegin, Frau … Frau … Grit eben. Tolle Frau. Ich muss jetzt Schluss machen. Bis später.«

»Heiner, sei vernünftig. Sag ihr, dir ist auf einmal nicht gut.«

»Stimmt aber nicht. Alles im normalen Bereich. Ich muss jetzt wirklich Schluss machen. Wir ziehen erst einmal weiter. Ich weiß noch nicht, wann ich komme.«

»Wie bitte? Heiner, warte! Ich bin in zwei Minuten vor der Dicken Wirtin.«

»Vielleicht gehen wir noch tanzen. Und keine Bange. Mein Akku ist ja noch dreiviertel voll.

Plötzlich ein Lachen, eine tiefe Frauenstimme schäkert im Hintergrund. »Wer ist voll?«

»Ach, ich sagte gerade, ich bin voller Energie.«

Ich spüre, wie in mir die Panik aufsteigt. Ein Bild. Das ist doch nicht etwa die Mannsfeld, die Schulleiterin? »Sofort abbrechen. Sofort abrechen. Hörst du? Das ist ein Befehl.«

»Ja, danke für den Tipp. Werden wir tun. Ich darf mich empfehlen, mein Lieber. Also, was machen wir mit dem angebrochenen Abend, schöne Frau?«

»Geh auf keinen Fall auf die Sache mit der … Heiner?« Weggedrückt. Na super!

Schnell über die Straße. »Hup doch, Idiot!« Was stehen die da rum und blockieren. »Entschuldigung, ich hab es eilig.« Da stimmt doch was nicht. Die Mannsfeld knallt mir die Vier in die Beurteilung nach zwanzig Dienstjahren. Bloß weil … Wo kommt der auf einmal her. »Ja, dann pass du doch auf. Das ist ein Notfall, Mensch. Ja, du mich auch.« Ich renne wie um mein Leben. Wodka auf ex … Tanzen? Ich kann gar nicht tanzen. Was hat die vor? Wenn Heiner ihr erstmal sagt, was ich von ihr halte, dann … dann … Da drüben, sind sie das? Nein. Ich krieg kaum noch Luft. Da, die Wirtin. Drinnen voll wie immer. Späherblick. Was mach ich denn jetzt? Reingehen? Geht ja nicht. Ich bin ja schon da. Nee, die sind schon weg. Mist. Ich stehe nach vorne gebeugt, die Hände auf den Oberschenkeln und atme heftig. Die Kneipentür schwingt auf. Detlef. Ausgerechnet. Hat mich noch nicht gesehen. Schnell in Deckung. Gleich mal in ne Pfütze getreten. Rainer Barthelheimer, sein Leben als Comic. Detlef schwankt, schwirrt zum Glück in die andere Richtung ab.

Mein Handy vibriert. SMS von Heiner. Was? »Bin unterwegs. Schönen Abend. Im Kühlschrank ist Bier. Habe Stephan für nächste Woche erstes Kapitel deines Romans zum Lesen versprochen. Leg los!« Stephan? Bier? Einen schönen Abend. Der gerät ja völlig außer Kontrolle. Ich muss sofort die Hotline anrufen. Wo hab ich die Banditen gespeichert?

»Guten Tag.«

»Hallo? Mist, AB.«

»Sie sind verbunden mit der Firma ›Ich bin Du. Lösungen in 3D.‹ Leider rufen Sie außerhalb der Geschäftszeiten an. Bitte hinterlassen Sie unserem elektronischen Gehilfen Ihre Nachricht. Er hört Ihnen gerne zu. Du hörst doch zu, Gernot oder?«

»Dazu bin ich ja da.«

Piepton. Soll das witzig sein? »Ja, hier Bartelheimer. Sie müssen mir sofort helfen. Ihr Prototyp High five ultra double supreme ist einfach abgehauen. Sie sagten doch, da kann nichts schiefgehen. Bloß ein paar zusätzliche Realitätschecks. Wir müssen den irgendwie zurückholen. Dem trau ich alles zu. Geld hat er auch nicht. Zieht einfach auf eigene Faust los. Also, wenn wir das nicht stoppen, bin ich erledigt. Melden Sie sich umgehend!«

Piepton. Kürzer gehts wohl nicht. Verdammt! Wo stecken die? Tag- und Nachtservice hieß es. Von wegen. Was mache ich denn jetzt? Suchen. Bei dem Wetter. Na toll. Mir die Kante geben. Blödsinn. Erstmal unterstellen hier im Eingang vom Kino. Weiter überlegen. Irgendwann ist sein Akku leer. Und dann? Klar, ausgerechnet jetzt ist der Film aus.

Plötzlich eine Stimme hinter mir. »Guten Abend, Rainer!«

»Huch, was?« Ich drehe mich um. Die Mannsfeld.

Ich dreh fast durch.

»Entschuldige, ich wollte dich nicht erschrecken.«

Ich wische mir eine Strähne aus dem Gesicht.

»Brigitte, ach, was machst du denn hier? Du bist doch nicht mit ihm … Was ein Zufall.«

»Wovon redest du?? Aber du bist ja völlig durchnässt.«

»Ich? Ja, mir war … auf einmal nicht gut, da bin ich raus, frische Luft. Geht schon wieder. Schirm vergessen, blöd von mir.«

»Warst du auch im Kino? Die Luft war in der Tat nicht gut im Saal. Der Film schon eher. Sicher nicht dein Fall, oder?«

Mein Blick streift die Plakate in den Schaukästen. Der letzte Sommer mit Monsieur Chasseur. »Der Film? Ja, warum denn nicht. Bei dem Wetter sowieso. Mal wieder träumen. Die Franzosen und ihre Filme. Und du? Ganz allein unterwegs?«

Die Mannsfeld zückt den Regenschirm. »Was ist denn los mit dir? Du siehst irgendwie abgekämpft aus. Nervös? Hast du getrunken, Rainer?«

Ich richte mich auf. »Mir gehts gut. Mir gehts sogar sehr gut. Das Leben ist voller Überraschungen, nicht wahr? Vor allem nach so einer völlig gerechtfertigten Beurteilung nach zwanzig Dienstjahren.«

Die Mannsfeld spannt den Schirm auf. »Wir wissen doch beide, dass ich zu solchen jährlichen Überprüfungen gezwungen bin«, sagt sie. »Und deine Stunde war nun einmal, gelinde gesagt, katastrophal. Ach, ich möchte mich mit dir jetzt nicht darüber unterhalten. Schon gar nicht bei diesem Wetter. Einen schönen Abend noch. Weißt du vielleicht, wo hier der nächste Taxistand ist?«

»Nicht nötig, da kommt gerade eins.«

»Wir klären das am Montag«, sagt sie. Steigt ins Taxi ein. Wirft mir noch einen trocknen Blick zu, garniert mit einem kollegialen Winken.

Montag? Ha! Da schicke ich dir meinen Ersatzmann, blöde Kuh. Oh Mann, bin ich fertig. Muss jetzt erstmal aus den Klamotten raus. Um den Spaßvogel kümmere ich mich später. Möchte nur mal wissen, mit wem der tatsächlich unterwegs ist. Grit, Grit? Heißt die Brauer, die Chemielehrerin nicht Grit? Mit der habe ich doch noch nie mehr als drei Worte gewechselt. Ein Glück nicht die Mannsfeld. Trotzdem, wenn ich jetzt die Brauer an der Backe habe. Das gibt bloß wieder unnötig Wirbel. Aber heißt die nicht Britta? Na, der soll mal nach Hause kommen. Ihn am Montag schon zur Schule zu schicken, kann ich vergessen.

Als ich endlich den Schlüssel in die Wohnungstür stecke, ist es bereits Nacht. Der AB von meinem Festnetz blinkt. 17 neue Nachrichten. Ich pelle mich aus der nassen Wäsche. Drücke den Abhörknopf.

»Nachricht 1: »Ja, hallo Rainer, ich bins, Mami. Frau Gürtler meint auch, wenn du um eins kommst …«

Von Heiner nichts. Hatte insgeheim gehofft, dass er zu Hause an der Steckdose sitzt.

»Nachricht 5: Ja, Rainerchen, ich bins noch mal. Pass mal auf, wenn du irgendwie wieder zu Hause bist, dann ruf doch mal zurück. Denke dran, Schlüterstraße ist absolut kein Parkplatz wegen der Baustelle.«

Bleib ruhig, Alter. Wer weiß, wozu es gut ist. Das Improvisieren kann ihm nicht schaden. Und Abschalten oder Zurückgeben kann ich ihn immer noch. Ah, schön heiß die Dusche. Das tut gut. Wo ist denn das Shampoo? Ach, da unten? Hab ich das da hingestellt oder Heiner? Nein, der braucht ja keins. Der wischt sich einfach mit nem trocknen Lappen ab. »Mir gehts gut, mir gehts prima«, singe ich. »Ich trag den Hut, ich mach das Klima. Alles Paletti, alles Banane. Ich streu mir Konfetti auf die Sahne.«

»Nachricht 9: Hallo, hallo, ich kann anrufen, wann ich will …«

Dass Heiner einfach so da draußen rumspaziert in der Kälte. Kein Bart. Kein Schweiß. Kein Gummigeruch.

Braucht nur etwas Strom ab und zu. Ich weiß noch, als er geliefert wurde. Tadellos. Ich hatte extra ein bisschen gehungert vor dem Einscannen, damit er in Idealfigur aus dem 3D-Drucker kommt. Er ist also da, schlägt die Augen auf und sagt: »Guten Tag. Da bin ich. Wie gehts? Was soll ich tun?« Grandios.

»Nachricht 13: Ich wollte nur horchen, ob du noch lebst. Ich wills doch hoffen. Machs gut. Tschüss.«

Der Hammer! Ich steh nur da, staune mein Ebenbild an und sage: »Leben.« Idiotisch. Aber, das war so ein unglaublich schöner, ja fast göttlicher Moment.

»Nachricht 17: »Pass mal auf. Wenn du morgen kommst, dann bring doch bitte noch Vollkorntoast mit. Aber nur 1688. Du weißt ja, wo das bei EDEKA steht. Und ein bisschen Kalbsleberwurst.«

Aah! Schaum im Auge. Zu blöd. Moment mal. Klingelt da das Telefon? Meine Mutter kann das nicht sein. Die ist längst im Bett. Das brennt vielleicht, das Zeug. Wo ist das Handtuch? Das ist Heiner! Was nuschelt der? Verstehe nichts bei der lauten Musik und dem Gejohle. Schnell Bademantel. Und rüber.

»Ich wollte mich nur mal zwischendurch melden, damit du dir keine Sorgen machst. Es ist klasse hier. Wir tanzen auf der Brücke. Solltest du auch versuchen. Ich bleibe noch. Grit holt gerade Bier vom Späti. Du, ich glaube, der Alkohol macht mir überhaupt nichts aus. Schade eigentlich. Ich hab noch für fünf Stunden Power.«

Ich renne durch den Flur ins Wohnzimmer. »Nicht auflegen, nicht auflegen!« Himmel, wo liegt das Ding. Da! Auf dem Tisch.

»Was macht der Roman? Kommst du voran? Erzählst du mir morgen, ja. Also, Gute Nacht.«

»Heiner, wo …?« Schon weg. Brücke, was für eine Brücke? Bei dem Regen? Wenn ich bloß wüsste, mit wem er da unterwegs ist. Erstmal abtrocknen. Bin ich froh, dass es nicht die Mannsfeld ist. Völlig irre. Bier macht ihm nichts aus. Soso. Das denken alle, bis sie auf einmal in der Ausnüchterungszelle sitzen. Und wenn ihn die Polizei aufgreift? Das ist doch bestimmt nicht erlaubt auf der Brücke, so ein Alarm. Er hat auch gar keine Papiere. Wozu auch. Du solltest bloß das blöde Buch holen, Copy-Proppy. Naja, zumindest findet er nach Hause. Muss ja irgendwann zurück zur Basis-Station. Das weiß er. Glaub ich wenigstens. Erstmal was anziehen. Ich hau mich aufs Sofa. Was gibts denn im Spätprogramm? Titel, Thesen, Terminator. Morgen früh ruf ich gleich in der 3-D-Bude an. Die müssen kommen und erstmal die Gehorchfunktionen checken. Wenns so was überhaupt gibt bei dem. Der kann nicht einfach machen, was er will. Mann, bin ich müde. Aber ich kann doch jetzt nicht schlafen gehen. Was, wenn ihm plötzlich der Saft ausgeht und er einfach stehenbleibt? Tanzen auf der Brücke. Solltest du auch mal probieren. Nur mal kurz die Augen zu, ein bisschen anwärmen. Dann geh ich dich suchen.

»Barthelheimers Nominierung für den Buchpreis ist keine Überraschung. Seit Jahren ist er eine der markantesten Stimmen der deutschen Gegenwartsliteratur.«

»Eine Nebentätigkeit muss vom Schulleiter genehmigt werden, Rainer. Du weißt das doch. Ich kann auch nicht einfach eine Boutique eröffnen oder vom Büro aus an der Börse spekulieren, obwohl ich das weiß Gott lieber täte, als hier in diesem Irrenhaus von Schule …«

»Sein letztes Buch. ›Ich bin Du‹ ist ein Hochseilakt. Man hält den Atem an und stellt fest: Barthelheimer stürzt nicht ab.

»Lesereisen als Bildungsurlaub anzumelden ist unzulässig.«

»Der frühere Lehrer ist ein literarischer Draufgänger.

Schnell, schräg und böse.«

»Worum geht es da eigentlich in deinem neuen Roman? Doch wohl hoffentlich nicht um die Schule?«

»Schnell, schräg und böse. Titel, Thesen, Terminator. Der deutsche Buchpreis geht dieses Jahr an einen absoluten Außenseiter. Der Schulalltag als Arena der Todgeweihten.«

Was ist, wo bin ich? Preisverleihung? Muss eingepennt sein. Wer schließt denn jetzt die Tür auf? Stimmen. Heiner und die ...! Woher hat der überhaupt nen Schlüssel? Schnell weg hier. Schlafzimmer.

»So, das sind also deine heiligen Hallen? Muss ich wohl meine Schuhe ausziehen.«

»Nicht nur die Schuhe, Frau Oberstudiendirektorin.«

»Warum läuft denn bei dir der Fernseher? Wir sind doch alleine, oder?«

»Ja, ja. Der spinnt. Springt manchmal von selbst an. Wahrscheinlich schaut der Hausgeist heimlich.«

»Wo sind denn hier die Steckdosen, Herr Oberstudienrat?

»Bist du schon so runter?«

»Ich bin bei 38 Prozent und ich möchte ja die Nacht noch erleben. Dauert nicht lange.«

Ach, das reicht. Das Aufladen machen wir später. Verderben uns bloß die Stimmung. Es gibt noch Bier.

Willst du eins?«

Ich glaub es ja nicht. Der hat doch tatsächlich die Mannsfeld abgeschleppt. Aber ich hab sie doch ins Taxi steigen sehen? Was reden die denn so merkwürdig? Himmel, wo laufen die hin?

»Ich stelle nur noch den Fernseher ab.«

Was jetzt? ... Unters Bett. Gott, ist das blöd. Pass ich überhaupt hier runter? Gerade so. Oh Mann, der Staub kitzelt mir jetzt schon in der Nase.

»Und du bist sicher, dass wir ungestört sind?«

»Absolut. Er ist unterwegs.«

»Und wenn er plötzlich nach Hause kommt … der Hausgeist?«

»Wie ich ihn kenne, läuft er draußen durch den Regen und holt sich den Tod. Warum auf einmal so vorsichtig? Das ist sein Problem. Ich möchte jetzt endlich ausprobieren, wie echt wir sind. Darauf freue ich mich schon die ganze Zeit.«

»Hauptsache, ich komme nicht mit Kratzern nach Hause. Ich bin schließlich verbeamtete Lehrerin. Da kann ich mir keinen Skandal erlauben.«

»Mit vollen Pensionsansprüchen, Frau Oberstudiendirektorin.«

»Wo sind sie? Was reden die bloß? Hat die Mannsfeld einen im Tee? Die lachen, als gäbe es keinen Montag danach. Warum kommen die nicht ins Schlafzimmer? Ich krieg keine Luft. Außerdem muss ich aufs Klo. Was ist jetzt? Was flüstern die? Was sind das für Geräusche. Verdammt nochmal, die … die treibens auf meinem Küchentisch. Die Mannsfeld. Nach außen immer die Überkorrekte, Hochgeschlossene. Von wegen. Gott, die zerlegen mir noch den Tisch. Wenn ich gewusst hätte, dass die Mannsfeld so auf mich steht. Deswegen wahrscheinlich die Vier. Die ist dann wohl raus aus meiner Akte. Was ist jetzt wieder? Warum hören die auf? Heiner ist doch wohl nicht schon … Mann, ist das peinlich. Das kommt auf die Mängelliste. Da muss auf jeden Fall nachgebessert werden.

»Was ist? Warum hörst du auf?«

Ach nein, sie macht schlapp. Was sagt sie. Die leiert so komisch.

»Iiisch mmusch aaan Schteckdooo…«

»Verstehe ich nicht. Du warst doch eben noch … Huch, ich bin auch nur noch bei fünfzehn Prozent. Mensch, das zieht ganz schön Strom. Komm, wir stöpseln uns schnell in die Steckdosen. Halbe Stunde, und wir sind wieder topfit.«

Was redet der da? Steckdose. Bist du irre. Das darfst du doch nicht verraten. Oder hast du sie schon eingeweiht? Die Mannsfeld gibt nur noch unverständliche Brummtöne von sich. Hat die was genommen? Ich gehe jetzt rüber. Schluss mit dem Eiertanz.

»Ich hab dich, Grit. Um ein Haar wärst du vom Tisch gefallen. Jetzt aber schnell an die Steckdose, bevor mir auch der Saft. Verdammt, von dem bisschen Sex. Das muss auf jeden Fall nachgebessert werden. So, die Stecker raus und ran an den Saft. Nanu, keine Spannung?«

»Ich hab mir erlaubt, die Sicherung rauszudrehen.«

»Rainer? Wo bist du denn? Ich kann dich nicht sehen.«

»Ganz in deiner Nähe, um dich abzuschalten. Kannst dir sicher denken, warum.«

»Nein, warum denn? Bitte, tu das nicht! Ich habe nur das gemacht, was in dir steckt. Was du nur vergessen hast. Tanzen, locker sein, sich Wünsche erfüllen. Sex auf dem Küchentisch.«

»Blödsinn. Ich brauche bloß Zeit fürs Schreiben. Dafür hab ich mich überhaupt auf die Sache eingelassen. Die Schulleiterin betrunken machen und flachlegen, ich glaubs ja nicht. Was ist überhaupt mit ihr? Wieviel hatte sie denn? Was hängt denn da bei ihr raus? Aber das kann doch nicht sein.«

»Sie ist leer.«

»Die Mannsfeld hat sich auch eine Dublette machen lassen. Warum das denn? Die hat doch alles. Was will die noch? Die haben mehr als einen Prototypen. Mann, mir wird schwindlig.« Ich gieße mir ein Glas Wasser ein und trinke hastig.

»Oh, bei mir flackert's auch schon. Schnell ... bitte, Rainer, da stiiiimmt aaas ni mii deee Akkuuuuu ...«

»Na toll. Die Mannsfeld-Puppe und der Barthelheimer-Kasper leer und nackt auf meinem Teppich. Eigentlich kein schlechtes Paar. Und jetzt? Das hat sich erstmal erledigt. Ich lasse euch abholen.

»Guten Tag. Sie sind verbunden mit der Firma »Ich bin Du. Lösungen in 3D.« Leider rufen Sie ...«

Ich lege auf. Ich weiß nicht, warum ich das tue.

Ich hebe erst Heiner und dann Grit vom Boden auf. Setze sie nebeneinander aufs Sofa. Schließe sie an die Steckdose an. Lege ihnen Decken um. Obwohl sie gar nicht frieren. Warte. Nach nicht einmal fünf Minuten bewegen sie die Arme. Schauen mich bestromte Augen an. Sie drehen die Köpfe, bemerken sich. Lächeln. Nach zehn Minuten fassen sie sich bei den Händen. Ich stutze. Sie erinnern sich. Kurz nach Mitternacht sind sie wieder bei 100 Prozent. »Hallo Rainer«, sagen sie.

»Danke, dass du dich für uns entschieden hast. Was können wir für dich tun?«

»Zeigt mir, wer ich sonst noch bin.«

T-Bone-Steak

Alle Achtung, Herr Hammerstein! Donald John Trump, ein T-Bone-Steak und der Rächer der Handtaschenräuber in einer Traumnacht, das ist allerhand. Da sind Sie reif für die Heiliger Sonntag Sause.

Ach was, die Beichte wird überschätzt. Wer das tausendmal gemacht hat, der weiß, warum Frauen lieber Sex haben als Männer.

Mich würden vor allem die Übergänge und die Gefühle interessieren, an die Sie sich erinnern.

Von Trump zum T-Bone-Steak war es ganz einfach. Die Florida-Luft roch leicht vermodert, schmeckte ein wenig nach feuchtem Holz. In jedem Fall wie aus einem Stück. Ich spürte den Übergang auch nur, weil jemand in mich reinbiss und sagte: Das schmeckt ja, wie Trump aussieht. Dazwischen fehlen mir ein paar Sekunden. Ob ich als Lederhandtasche wieder zu mir kam und dann geraubt wurde und deswegen zum Rächer, ich weiß es nicht. Diese Phasen sind sprunghaft wie Träume.

Ich weiß, deswegen sind ja auch die Übergänge so ungemein wichtig. Also, an was erinnern Sie sich?

Ich lag auf dem Teller und ich weiß noch, dass es schon dämmerte, als ich aus dem Fenster sah und da auf einmal diese Frau mit ihrem Rollator unterwegs war. Und ich dachte noch, mein Gott, die Alte ist noch auf der Straße um diese Zeit, die Handtasche baumelte einladend am Griff und die zwei Gestalten, die von der anderen Straßenseite herüberliefen, hatten schon die sprichwörtlichen Dollarzeichen in den Augen.

Das konnten Sie auf die Entfernung sehen? Sie lagen doch auf dem Teller.

Natürlich nicht, aber fühlen. Sie wollten doch sicher wissen, was ich fühlte.

Ja und?

Ich fühlte Wut. Anscheinend war ich bereits halb Handtasche, als materialisierter Traumwandler, also quasi unsichtbar für jene, die bloß auf einer Traumebene agierten wie diese Typen. Als sie schon bei der Alten waren und ihr die Tasche wegreißen wollten, verließ ich meine Halbexistenz als Handtasche und war von da an der Rächer. Das tat ein bisschen weh, wahrscheinlich, weil ich in Sekundenschnelle von Handtaschengröße auf Rächerausmaße wuchs. Die Burschen erschraken jedenfalls nicht schlecht. Die Alte bekam von dem Ganzen überhaupt nichts mit. Alles spielte sich in ihrem Rücken ab. Sie sah also weder mich, den Schatten, noch die türmenden Typen, die einfach auf die Straße in den Verkehr liefen. Sie hörte auch den Aufprall und die letzten Schreie der Burschen nicht. Sie schloss unbeirrt die Haustür auf und verschwand im Haus.

Und Sie? Was fühlten Sie?

Mir tat noch immer die Stelle weh, an der mich der Junge gebissen hatte.

Welcher Junge?

Habe ich Junge gesagt? Ich weiß auch nicht warum. Vielleicht weil John Boy mir wie ein kleiner tyrannischer Junge vorkam, der … jetzt ist alles ausgelöscht. Vorbei. Ich komme nicht mehr ran.

Das macht nichts. Ich möchte noch einmal an die Stelle zurück, wo Sie sagten, die Beichte wird überschätzt und Sie verstünden, warum Frauen Sex lieber mögen als Männer. Was löst das in Ihnen aus?

Gar nichts. Ich sagte ja, alles weg. Wenn Sie es jetzt nicht erwähnt hätten. Außerdem ist ja die Traumanalyse das, wofür ich Sie bezahle.

Natürlich, nur noch ein paar zusätzliche Anhaltspunkte, bevor wir uns um Ihre …

Hallo? Was ist jetzt? Wo sind Sie, Herr Professor.

Und wer bist Du?

Ich bin der, der immer irgendwo in der Ecke steht, wenn Du wieder aufwachst.

Seltsam, Du bist mir noch nie aufgefallen. Wo bin ich?

Du hast mich dahin gestellt, damit Du weißt, dass Du wieder zurück bist. Und nicht bloß wieder ein T-Bone-Steak oder ein Klient in einer Traumdeutung.

Du bist eine Lampe? Da fällt es mir ehrlich gesagt nicht leicht, an meine Rückkehr zu glauben. Lampen reden nur im Traum.

Was Du nicht sagst. Für was hältst Du denn das hier? Ich möchte endlich aufwachen. Ich hab genug von begehbaren Träumen und Verwandlungen. Ich will auch nicht mit einer Lampe reden.

Dann steh doch auf und geh vor die Tür. Der Himmel ist blau, der Tag nimmt Dich mit. Was? Jetzt hast Du auf einmal Angst. Du bist nicht mehr John Boy Trump, Du musst die Welt nicht fürchten. Du musst kein T-Bone-Steak sein, um Dich zu fühlen.

Woher weißt Du, dass ich ein T-Bone-Steak war? … in das ein dicker Junge hineingebissen und gerufen hat …

Hör auf, ich will nicht, dass eine Lampe alles über mich weiß. Dann lieber vom Tag gefressen werden.

Als Rächer hast Du mir besser gefallen.

Ich will geliebt werden und nicht Banditen verjagen. Reine Eitelkeit. Du bist bloß sauer, weil die Alte nichts mitbekommen hat und Dir ihre Dankbarkeit nicht zeigen konnte.

Du irrst. Die Alte war mir egal. Ich mochte meinen Geruch als ihre Handtasche nicht. Und jetzt hör auf damit?

Gehst Du also endlich?

Und da ist wirklich blauer Himmel …

Ja, und die Morgensonne auf den frischen Blättern. Es ist Frühling. Du solltest Sex haben und nicht mehr an Beichtstühle denken.

Die Luft ist herrlich.

Du hast es gut. Ich muss hier warten, bis Du wiederkommst.

Soll ich Dich mitnehmen?

Was willst Du an so einem blauen Tag mit einer Stehlampe?

Werde ich mich mögen? Ich meine, wie sehe ich denn da draußen aus? Bin ich echt? Meine Haare.

Jetzt geh endlich, sonst wird Dein Bett noch nervös und will Dich behalten. Dann musst Du wieder irgendwas sein. Eine verstimmte Gitarre oder ein Ast, auf den eine Taube scheißt.

Gut dann, aber sag mal, bist Du wirklich eine Stehlampe?

Wer weiß. Bis heute Nacht.

Ausflug mit Paul oder Variationen einer Obsession Nr. 1

»Ich will zu Mama«, jammert Paul. Zwei Tage sind herum. »Mir ist heiß.« Im Zimmer riecht es nach Kinderschweiß und Pizzaresten. »Deine Mama ist verreist«, sage ich. Paul starrt auf den Teppich, der übersät ist mit den Trümmern unserer letzten Schlacht. Plastiksoldaten, Gummischwerter, Faschingsmasken. Paul wirft sich rücklings auf die Couch. »Papa«, wimmert er. »Papa? Toby ist auf der Arbeit. Ich passe so lange auf dich auf.« Ich gieße Paul etwas von der Kaugummibrause ein, aber er dreht den Kopf zur Seite. Ich schwitze unter der dämlichen Froschmaske.

Linda sollte ihre Ohnmacht spüren. Endlich die Strafe für die Demütigungen, die sie dem Kuss auf der Brücke hatte folgen lassen. Ihrem Stöhnen, als ich ihr den Pullover hochschob, ihrem Brunnenblick der Verführung, der doch nichts weiter war als der inzwischen gelungene Versuch, sich in die Firma einzuschleusen. Dort saß sie nun an meinem Schreibtisch, während ich wieder Taxi fuhr.

So läuft es ab. Auch im MontessoriKindergarten haben sie nicht immer alles im Blick. »Komm mal her«, sage ich. »Wer als Erster an der Laterne ist, kriegt ein Eis.« Paul rennt los. »Erster!« jubelt er. »So, jetzt noch über die Straße zur Tankstelle«, sage ich. »Da holen wir Eis.« Ich nehme ihn an der Hand. Ein gutes Gefühl. Auf der anderen Straßenseite gehört er mir. In der Wohnung, in der sonst polnische Handwerker wohnen, nehme ich Bart,

Brille und die blonde Perücke ab, die mich Toby so ähnlich machen. Ich überlege noch, ob ich nicht doch besser eine Maske trage. Aber was soll's. Wenn sie mich erwischen, dann versteht sowieso keiner warum und wieso.

»Bist du ein Freund von Mama?«, fragt Paul. Ich füttere ihn mit Hamburgern. Das mag sie nicht. Linda ist Vegetarierin. Und auch Toby, ihr Mann, und die drei Kinder bekommen niemals Fleisch. »Ja«, sage ich. »Früher.« Erst verzieht Paul das Gesicht, so ein antrainiertes Entsetzen, aber dann beißt er doch in den Hamburger. Und schmatzt und kleckert und verschmiert sich das Gesicht. »Und warum jetzt nicht mehr?« Wie kommen Kinder bloß immer auf diese Fragen? Eine Laune? Eine geile Frühlingsnacht? Berechnung? Das versteht er noch nicht. »Das kommt vor«, sage ich. Abends gibt es Daddelspiele und Rostbratwürstchen. Er isst sogar eine mehr als ich und plumpst satt und müde ins Bett.

In ihrer Gegenwart habe ich nie ein Stück Fleisch bestellt, versteckte die Wurst, wenn sie mich besuchte und mich zur Belohnung an ihrem Hals lecken ließ. Versagte mir schließlich ganz das Fleisch, damit sie nicht, wie sie behauptete, an meiner Haut und meinem Geruch erkannte, dass ich einen Hotdog gegessen hatte. Ich stelle mir vor, wie sie dasitzt und keinen Bissen herunterkriegt, sich mit Tabletten und Yoga beruhigen will und doch nur die Polizisten anschreit, die ihr sagen, dass sie keine Spur ... Niemand habe etwas ... Ein Mann, wie ihr Mann ... Die Fragen stellen und hineinleuchten in das Eheleben. Die getrennten Schlafzimmer, der Mann in den Keller verbannt, während sie das größte und hellste Zimmer nutzt. »Betreten verboten!« heißt es auf einem Zettel an der Tür. Die Polizisten, die sich insgeheim wundern, aber natürlich nichts sagen. Drei Kinder und jedes von einem anderen Mann. Der Vater von Paul? Toby. Wer sonst? Patchwork, sagt sie. Man könne es nicht von vorherein sagen, ob es passt. Jetzt im Leben angekommen. Eventuelle gekränkte Liebhaber? Ich bitte Sie! Wir müssen jeder Spur nachgehen, Frau Kronberg. Mein Mann und ich führen eine tolerante Ehe, sagt sie dann. Jeder komme in Frage, entgegnen die Beamten. Sie zählt also ein paar Namen auf. Streut ein paar Details ein. Aber alles lange her, früheres Leben. Nur ein Versehen. Der? Ruft Papa-Toby und knallt die Kellertür. Hört das nie auf! Irgendwann wird sie auch mich erwähnen.

Sie werde schon vom bloßen Ansehen schwanger, hatte sie damals gesagt, mich mit ihrem Blick versenkt und mir die Träume mit leckeren Belohnungen gespickt. Stell dir mal vor, du und ich bei der Firma. Ein Team. Gemeinsame Projekte. Was kostet die Welt? Wer könnte denn Ihrer Meinung nach ein Motiv haben? Gab es irgendwelche …? Ach, die Scheibe hat Ihnen jemand eingeworfen? Wann war das genau? Ja, vielleicht nur ein Zufall. Wer könnte das Ihrer Meinung nach denn getan haben? Die Beamten notieren ein paar Namen. Das wird lustig, wenn die in den inzwischen fortgeschrittenen Leben klingeln.

In einem der Träume, lange nachdem sie mich auf Sparflamme gesetzt hatte, weil sie nun, angekommen in der Firma, Privates und Berufliches trennen wollte, durfte ich zuschauen, wie sie es mit irgendeinem LKW-Fahrer auf einem Reifenstapel treibt, sie den Nachthimmel vollschreit, als wollte sie Gott scharf machen. Na, wissen Sie, junge Frau, lässt sich einer der Beamten dann doch noch zu einem Spruch hinreißen, da dürfen Sie sich vielleicht nicht wundern, dass da einer mal … Was denn das heißen solle? Verkehrung von Opfer und Täter. Typisch. Toxisch. Und wieder Geschrei und Drohung mit Anzeige. Und schließlich Migräne und Magen und neurodermitische Reaktionen. Die Beamten schon wieder klein. Nein, ein Missverständnis. Wir wollen keineswegs andeuten, dass … Zur Arbeit kann sie am nächsten Tag nicht. Auch am darauffolgenden nicht. Und morgen wird sie auch nicht kommen.

Aber vielleicht ist es auch ganz anders. Einmal, als Paul schlief, bin ich hingefahren. Das Haus dunkel. Nur im Keller Gitarrenakkorde. Papa Toby beim nächtlichen Warten auf den genialen Einfall. Den Hit. Damit er sie auszahlen und sich ein anderes Leben suchen kann.

»Manchmal stelle ich mir vor, wie es wohl gewesen wär', hätte ich dich nie gesehen.« Das hat er tatsächlich gesungen. Vielleicht hätte es ein Haufen Schweineleber vor ihrer Tür auch getan. Oder ein Stein in die Scheibe. Aber auf die Idee war ja schon ein anderer gekommen. Außerdem wollte ich endlich mal wissen, wie das so ist mit Paul.

Beim Frühstück schlagen Paul und ich uns Eier mit Speck in die Pfanne. Paul mag es, wenn der Speck schön knusprig ist und beim Zubeißen knirscht. In seinem Gesicht lese ich, wie er in dem Geschmack badet. Wollen wir noch mit Pfeil und Bogen raus? Aber er will nur noch zurück. Klar. Alles andere wäre auch seltsam. In der Zeitung ist vielleicht schon ein Bild von ihm und ein kleiner Artikel zu seinem Verschwinden. Auf einmal kommt mir alles sinnlos und idiotisch vor. Gekränkte Eitelkeit.

»Also gut«, sage ich dann. »Ich bringe dich nach Hause.« Ich schmiere ihm noch ein Brot mit Schoko, wickle es in die Salamimusterserviette und stecke es ihm in die Tasche. Noch einen Apfel dazu.

Das letzte Stück über die Straße muss er alleine gehen. Für das nächste Mal werde ich mir etwas anderes überlegen. Vielleicht Heiligabend als angeblich bestellter Weihnachtsmann aufkreuzen. Die ganze Bande ein paar Stunden als Geiseln. Oder für Toby ein Lied schreiben. Ich bin das Chamäleon, ich sitz als Blatt im Wind. Nichts von alledem werde ich je tun. Keine Hamburger, keine Spiele, keine Weihnachten mit Paul. Ich hänge an der Taxihalte fest und überlege mir Attentate auf die blöde Kuh, weil ich Paul nie sehen darf, und er nicht weiß, dass ich sein Vater bin.

Bu oder
Variationen einer Obsession No. 2

»Hallo, komm rein! Ich bin Rüdiger.« Typ Schrank. Im kahlrasierten Schädel blitzten zwei helle Augen. Jede Menge Tattoos. Auf seinem blanken Oberkörper umschlingen sich zwei Gestalten. Sie halbnackt mit Pfeil und Bogen. Das Gesicht kam mir irgendwie bekannt vor. Er mit Axt und angedeutetem Schwanz in der Lederrüstung. Die Ähnlichkeit mit dem Original verblüffend.

»Geiler Bart, Alter, das wird sie rocken.« Rüdiger ging barfuß. Trug eine Lederhose wie auf seinem Tattoo. Vorne eine Klappe mit zwei Knöpfen, hinten offene Pobacken, zwischen denen eine Art Minipferdeschwanz baumelte. »Alles Natur!«, sagte er, als er meinen Blick auf seinem Hintern fühlte. »Wir tragen unsere Plugs den ganzen Tag. Solltest du auch mal probieren. Vor allem auf der Arbeit.« Er lachte. »Biste da angewachsen?« Mit weichen Knien folgte ich ihm in die Wohnung, in einen langen Flur, in einen irritierenden Geruch. Ein langer Kuss auf der Warschauer Brücke. Eine Gazelle, die in die Nacht flüchtet. Mein Kopf verdreht unter Sternen.

Ich schwankte vorwärts. Offene Türen links und rechts. In einem Zimmer eine Schaufensterpuppe in einem enganliegenden Lacklederkostüm. Plakate von Heavy Metal Bands. Ein mächtiger Fernseher. Ein Zimmer weiter nur ein Schreibtisch, eine Schale mit Obst, Meditationskissen vor einem kleinen Altar.

»Schau dir nur alles an. Weißt du gleich, wie wir drauf sind.« Die Küche blank und ohne Krümel. Nur ein japanisches Messer griffbereit. Hinter einer geschlossenen Tür plötzlich heller Gesang. Die Stimme wie in einem Märchenfilm. In meinem Kopf braune Augen dazu. Ihr Brunnenblick. Das konnte doch alles nur ein schräger Einfall des Schicksals sein. Ein böser Witz. Ich schwitzte. »Unser Kostümzimmer. Sie überlegt noch, was sie anzieht.« Rüdiger zwinkerte lässig. »Oder was nicht.« Nein, das konnte nicht sein. Das war fast fünfzehn Jahre her. Dieser Typ? Gar nicht ihr Fall. Und Toby, der Architekt mit den Gitarrenfingern, die Kinder, was war aus denen geworden? Und dem Haus im Grünen, wo ich nachts durch den Garten geschlichen war und sie heimlich beobachtet hatte. Noch lange danach.

»Hey, trink erstmal nen Schluck Kribbelwasser, damit du lockerer wirst.« Rüdiger hielt mir ein Glas Sekt hin. Ich kippte es in einem Zug. »Alter, bist du nervös. Das soll doch Spaß machen.« Er goss nochmal nach.

Ich spielte die Panik weg. »Hast ja recht.« »Hey, reden kann er auch. Du bist also Bruno, ja?« Ich nickte. Den Namen hatte ich mir sicherheitshalber beim Telefonat zugelegt. Bruno klang bi genug und auch ein bisschen nach Bär und Umweltschutz. Jetzt kam ich mir eher wie Puh der Bär vor. Im falschen Fell. Eine Kette am Fuß. Ein Ring in der Nase. »Na, dann zeig ich dir mal die Manege«, sagte Rüdiger, als hätte er meine Gedanken gehört. Er boxte gegen meine Schulter. »Hey, nur Spaß, Alter.« Führte mich in den hintersten Raum der Wohnung. Rote Wände. Ein Stuhl, ein Tisch mit diversem Spielzeug und in der Mitte des Zimmers eine s-förmig geschwungene, cremefarbene Rampe, an deren Seiten Griffe zum Festhalten oder Fesseln angebracht waren. »Naturkautschuk. Ein Traum. Wirst sehen. Geht aber auch als Lesesessel, die

Frau Lehrerin wird von Einbrechern überrascht. Na, du weißt schon, solche Sachen. Stehst du auf Rollenspiele?«

»Ja, … doch.«

»Wir haben alles da. Mal günstig aus nem Theaterfundus abgestaubt.« Auf einem Tablett in der Ecke Kerzen. In einer anderen Ecke indirektes Licht, auf ein chinesisches Schriftzeichen gerichtet. »Bu, der Schritt, der Weg«, erklärte Rüdiger auf einmal wie ein Sachverständiger. »Ein Wort mit 344 Bedeutungen. Unser Motto. Ist dir hoffentlich romantisch genug mit den Kerzen. Sonst kann ich auch noch Musik anmachen. Aber das mag sie eigentlich nicht so.«

Meine Beine auf einmal wie Treibholz. Bu. Immer hatte sie Ihre E-mails mit diesem chinesischen Wort unterschrieben. 344 Mails lang, in denen wir geschwärmt und gelodert hatten. Mein Minnegesang. Ihre Bu-Weisheiten »Es kann auch das Nichts bedeuten«. Plötzlich ihre Stimme im Kopf. »Wir dürfen nicht zu weit gehen. Ich hab schon zwei Kinder von zwei Vätern. Ich werd schon vom Angucken schwanger.« Da hatte ich ihr schon den Pullover hochgeschoben, meine Hände auf dem Weg in ihr Tal, und dann doch von ihr abgelassen, wofür sie sich später bedankte. »Lass uns was anderes zusammen machen.« Das taten wir auch. Zwischen Küssen, die weniger wurden, stellte ich ihr Regisseure vor. Bald nannte sie mich Strohfeuer, während ich meinen Verstand verlor vor aufgestauter Lust. Ihre erste Rolle. Ich wechselte das Fach. Lebte eine Zeitlang als heruntergebrannte Wunderkerze auf der anderen Seite der Welt. Bis sich alles verflüchtigt, entzogen hatte. Wie bei einem trockenen Alkoholiker. Aber was war bloß passiert? Und noch schlimmer, was würde gleich passieren?

»Ich schaue erstmal zu«, sagte Rüdiger. »Wenn du nichts dagegen hast. Sie mag das auch sehr. Aber nicht gleich kommen, ja?«

Ich lächelte männlich. »Wofür hältst du mich?« Und wenn das alles bloß ein irrer Zufall war? Ich spürte, wie mein Schwanz in meiner Hose wuchs. Ob ich nun wollte oder nicht. »Wo ist denn hier die Toilette?«

»Vorne, erste Tür links. Kannst auch duschen, wenn du willst, obwohl sie's lieber bisschen mit Wildschweingeruch mag. Haha!«

Ich lief durch den Flur über knarrende Dielen, vorbei an dem Zimmer, aus dem der Gesang gekommen war. Blieb kurz vor der Tür stehen. Lauschte. »Ich bin gleich so weit!« Ich hastete zur Eingangstür. Abgeschlossen. Wann hatte er das gemacht? Oder sie. Oder wer war hier noch? Ich zitterte. Ich glühte. Ich taumelte gegen die Tür. Sie trat aus ihrem Zimmer. Die Stiefel hatte sie angelassen. Die Gazellenfigur eingebüßt. Den Brunnenblick nicht. Ein schwarzes Halsband zur Dekoration.

»Hallo Bru… Martin?« Ich hielt mich an der Türklinke fest. »Aber der Bart steht dir gut.«

Warteschleife

Niemand wusste, wie sie das machten, dass alle Geräusche, die nicht von Bedeutung für die Arbeitsvorgänge waren, gefiltert und geschluckt wurden. Die Stimmen hunderter männlicher Mitarbeiter, das Klackern der Tastaturen, das Brummen der Geräte. Sicher jede Menge Schalltechnik in Wänden, Decken und Böden. Wie in einem klassischen Tonstudio. Nur dass es hier nicht so intim und persönlich zuging, niemals irgendwelche Sprecher oder gar echte Schauspieler zum Einsprechen der Takes erschienen, sondern alle Stimmen und Files aus bereits angelegten Archiven zur Verfügung gestellt wurden. Jederzeit abrufbar und zu bearbeiten. Die Mitarbeiter der Abteilung Aesthetic Property saßen in einer fensterlosen Halle vor ihren Rechnern und Bildschirmen und verfolgten die in allen Farben ablaufenden Audiospuren, glichen sie mit dem ab, was aus den Lautsprechern zu hören war. Zumeist ein paar charakteristische Tonfolgen und eine angenehme Frauenstimme, die zum Warten anhielt. Generierte Musik unterlegt. Und alles wieder von vorne. Die Warteschleifen nur für die deutlich hörbar, die unmittelbar zusammenarbeiteten. Das Geschehen hinter der nächsten Stellwand nur noch zu erahnen.

Nächster Mitarbeiter zur Zeit halten Sie freie Daten bereit. Alle persönlichen schon einmal in einem reserviert. Sind in einem Kundengespräch. Der Platz ist für Sie. Bitte halten Sie Ihre.

»He, Redlich! Hattest du das auch schon?«, fragte Mangoldt und hielt die Spur an. »Ich gebe Soulflow ein und er zerhackt das ganze Shape. Hör mal!«

Nächste freie Daten sind in einem Kundengespräch. Zur Zeit ist bereit. Alle persönlichen Mitarbeiter für Sie reserviert. Schon einmal Platz bitte halten.

»Kenn ich«, sagte Redlich, ohne den Blick von seinem Bildschirm zu nehmen. »Ist neuerdings so ne Macke von ihm. Ich musste im Wave Intent alles einzeln anklicken, sonst macht der, was er will. Hast du dir die Optimierungsschleifen gezogen? Die bügeln das meist aus.«

Mangoldt schnaufte. »Nee, die sollte doch …« Er sah zum Workboard schräg hinter sich. »Steinmann, ich brauch die Optimierungsschleifen! Toby?«

»Der pennt«, sagte Redlich, der Steinmann genau gegenüber saß.

»Schon wieder. Mann, der versaut mir noch alles. Ich will irgendwann nach Hause.«

»Optimist. Wo soll das denn sein?« In Redlichs Augen spiegelten sich nackte Körper.

»Ist doch egal. Hauptsache weg hier. Und du?« Mangoldt schielte zu Redlich rüber. »Schon vormittags auf Bunny Checker?«

»Quatsch! Das sind Entwürfe für Bildschirmschoner. Aber warum nicht das Angenehme mit dem Nützlichen verbinden?«

»Deine Ruhe möchte ich haben.« Mangoldt schnitt einen Satz der Tonspur aus, verschob ihn an die dafür vorgesehene Position.

Platz bereithalten. Freie Daten reserviert.

»Hallo, Herr Steinmann, Tobias!« Mangoldt war auf seinem Drehstuhl in Stellung gefahren.

Steinmann hob den Kopf aus dem Armkissen. »Lasst mich in Ruhe! Poste ich später.«

»Wie wärs mit gestern, Mouse Potato? Du, ehrlich, wenn wir wegen dir die Dead Line nicht halten können, dann …« Mangoldt fuchtelte mit den Händen.

»Dann was? Werden wir alle geflasht?« Steinmann lachte müde. »Das wäre ja mal was.« Er richtete sich auf und zupfte schlechte Luft aus seinem T-Shirt. »Keine Fleißsternchen für Big Dennis Mangoldt und seine Aesthetic Property Crew?«

»Blöder Idiot, als ob ich der Einzige bin, der … Wir sind hier schließlich aufeinander angewiesen. Holger, sag du mal was!«

Redlich klickte unbeirrt durch die Bunny-Fotos.

»Lasst uns erstmal Kaffee trinken.«

»Du immer mit deinem Kaffeetrinken. Das ewige Chillen bringt uns nicht voran.« Mangoldt stemmte die Arme auf die Oberschenkel. »Ich will hier was erreichen. Dann kommen sie an mir nicht vorbei. Nächsten Sommer will ich von einer richtigen Frau angelächelt werden.«

»Was fürn Sommer? Hier gibts ja nicht mal Tageslicht«, sagte Steinmann. »Könnten ja wenigstens ab und zu mal ein paar Wellen am Strand einspielen.«

»Wir sollen eben arbeiten und nicht aus dem Fenster schauen oder sonstwie abschweifen.« Mangoldt wandte sich wieder den Audiospuren zu. Suchte in Untermenüs nach Hinweisen.

»Also für dich schwarz und mit Zucker, Toby?«, fragte Redlich und trat hinter seinem Workboard vor. Das Blumenhemd hing ihm ungleichmäßig über den Hosenbund.

»Nee. Lass mal. Ich hab zu tun. Warte auf die Level-Maps von Ralf.«

»Wie? Du meinst den Nerd aus der Subnavigation?« Redlich spitzte die Lippen, beugte sich vor.

»Kennst du noch nen anderen Ralf hier?« Steinmann spielte lässig an seinem Ohr.

»Und die Maps. Das sind doch hoffentlich nicht die, von denen ich meine, dass sie es sind?« Redlichs Stimme zwei Töne höher als normal.

»Keine Ahnung. Top secret jedenfalls. Fresh air ticket, wenn du es schnallst. Bye bye Navigator Alligator.« Steinmann schnippte mit dem Finger.

Nicht so laut, Mensch!«, zischte Redlich. »Bist du wahnsinnig. Willste uns alle unglücklich machen?«

Steinmann starrte gelangweilt auf seinen Bildschirm, wo Ziegen eine Wiese überm Meer abgrasten. Uralte Olivenbäume im Gegenlicht. »Wieso machen? Ich will hier nicht vorm Bildschirm verfaulen. Warteschleifen mischen. Wie blöd ist das denn. Morgen bin ich weg.« Ein Glöckchen kündigte das Eintreffen einer Nachricht an. »So! Da kommen die Maps. Geil.«

»Verdammte Scheiße«, flüsterte Redlich erregt. »Du weißt doch, dass sie alles mitlesen. In zehn Minuten haben wir die Firewall-Typen am Hacken.«

»Stay tuned, Red-Head!«, sagte Steinmann. »Oder willst du, dass es die ganze Abteilung blickt. Denkst du, ich lasse sie mir durchs Netz posten, damit die Spinne sie sieht?«

Eine schnuffige, leicht federnde two-step Softgitarrenmusik erklang. Dazu eine der üblichen warmen Frauenstimmen mit lockerem Sexyness-Faktor.

Bleib dran. Gleich gehts los. Schnall dich an. Ich hör zu, du bist dran, schnall dich los.

»Holy download, Was ist das denn?«, fragte Redlich.

Steinmann grinste. »Das sind eure dämlichen Optimierungsschleifen. Wollt ihr sie als Geschenk verpackt?«

»Hast mir echt nen Schreck eingejagt, Toby. Dieser Ralf, … aber die klingen ja wie 0900er Nummern. Die willst du doch wohl Dennis nicht anbieten. Der hat gerade mächtig Druck.«

»Was soll mit Dennis sein?« Mangoldt lugte hinter seinem Bildschirm vor.

»Ist doch cool von Ralf, dass er gleich alles fertig liefert. Ich hab schließlich anderes zu tun. Nachher muss ich hellwach sein.«

Redlichs Miene verfinsterte sich wieder. »Das ist ne unzuverlässige Type. Soll ich dir sagen, was passiert, wenn du dich mit dem einlässt. Damals, als wir den Ausbruch versuchten, sind wir auf auch auf so eine Type reingefallen.«

»He!«, rief Mangoldt. »Sagt mir mal einer, worüber ihr redet?«

»Ach, nichts. Unser Toby hier hat sich nur über uns lustig gemacht. Wahrscheinlich wieder die halbe Nacht auf Truth View. Aber wenigstens jetzt ist er hellwach, stimmts, Toby?«

»Na schön. Aber für eure Privatvergnügen halte ich nicht den Kopf hin. Außerdem mag ichs nicht, wenn in meiner Anwesenheit geflüstert wird und dabei mein Name fällt.«

»Jetzt blas dich mal nicht so auf, Dennis! Hab dir die Schleifen auf deinen Rechner geschickt. Abschiedsgeschenk. Für mich ist morgen Schluss mit Cybersun und gemobbter Luft. Da lasse ich nen Drachen steigen auf ner sonnigen Wiese.«

»Nicht so laut, die von 457 gucken schon rüber!«, flüsterte Redlich.

»Na und. Mir doch egal, wenn die unruhig werden.«

»Was für n Drachen? Dreht der ab? Wieso Schluss? Hat der etwa das Freilos bekommen?«

»Nee, nee, Dennis. Bloß der übliche Screen-Out. Ich glaub, Toby braucht einfach mal ne Pause. Komm, wir gehen nen Happen essen.« Er drehte sich zu Steinmann und flüsterte: »Wir müssen sofort reden, Toby. Sag, dass du Hunger hast! Los!«

»Was? Ja, gute Idee. Hab ich ganz vergessen, zwischendurch mal was zu essen. Kantine, ja?«

Dennis Mangoldt kratzte sich am Kopf. »Bisschen früh, findet ihr nicht? Denkt dran, Leute. Morgen muss das Demo beim Navigator sein. Wir sind schon wieder überfällig, Toby. Deinetwegen.«

»Ich mach dir gleich nen Knoten in deine Warteschleife, damit du's nicht vergisst«, murmelte Steinmann.

»Hast du was gesagt, Steinbeißer?«

»Komm jetzt, Tobias!«

»Schon gut. Aua! He, warum kneifst du mich?«

»Ich kneif dich doch gar nicht.«

»Doch. Aua! Schon wieder. Tickst du noch richtig?«

»Erstmal raus hier. Bis später, Dennis.«

Vor den Fahrstühlen war noch nichts los. Steinmann fummelte gelangweilt an seinem T-Shirt herum. Die Fahrstuhltüren surrten auf. Die Männer betraten die leere Kabine.

Guten Tag. Bitte nennen Sie, bevor wir Sie an das gewünschte Ziel bringen, Ihren Namen, Ihre Abteilung und Ihre aktuelle Position.

»Holger Redlich, Aesthetic Property 143. Achtes Level, bitte. Na los, jetzt du!«

»Ja, ja, Mann. Tobias Steinmann, Aesthetic-Property 622. Achtes Level. Aua, lass das! Pfoten weg!«

»Ich mach doch gar nichts. Was ist denn los mit dir? Flöhe?«

Es rauschte in Steinmanns Ohren. Seltsam rhythmisch. War das der Fahrstuhl?, fragte er sich. Nein, es klang eher wie ein Beatmungsgerät. Dazu die Pieptöne eines Herzfrequenzmessers. Intensivstation? Aber Steinmann sah doch die Zahlen auf der Anzeige im Fahrstuhl ansteigen. Und warum hatte er jetzt die Stimme seiner Mutter im Ohr?

»Der Doktor sagt, alles, was die Sinne anregt, ist gut. Aber ich lass das lieber, sonst kriegst du noch einen blauen Fleck am Arm vom Kneifen. Ich hab dir deinen Lieblingskuchen mitgebracht. Riech mal, Tobias. Die Erdbeeren sind ganz frisch. Und was vorsingen soll ich dir auch. Na schön. ›When I find myself in times of trouble, mother Mary comes to me, speaking words of wisdom‹. Ach Junge, wie du da jetzt liegst. Mit offenen Augen und siehst mich nicht. Dein Fahrrad war nur noch Schrott. Das Schwein ist einfach weitergefahren. Soll ein Mazda gewesen sein. ›Let it be, let it be‹.«

»Kommst du oder willst du dich noch ein bisschen von der Fahrstuhlluft verwöhnen lassen?«

»Was? Sind wir schon? Mama?«

»Was hast du, Toby?«

»Alles gut. Schon vorbei.«

Auch in der Kantine war noch wenig los um diese Zeit. Sie steuerten den Tresen an.

»Keinen Erdbeerkuchen? Und was duftet hier so nach Erdbeeren?«

Er sagt doch, sie haben keinen. Siehst du welchen? Ja, zweimal Blinis mit nicht so viel … Ah, gut, dann. Und zwei Kribbelwasser. Streuselkuchen nehmen wir später. Danke. Komm! Da hinten sind wir ungestört.«

»Ich wette, den Erdbeerkuchen pfeifen sich die Chefs rein. Und uns speisen sie mit Trockenfutter ab.«

»Beruhige dich! Was biste denn so hyper?«

»Ich hyper? Wenn einer hyper ist, dann ja wohl du. Vorhin kneifst du mich dauernd und jetzt leierst du mir das T-Shirt aus. Ich will da nicht in die Ecke. Da riechts nach Krankenhaus. Sitzt auch keiner sonst.«

»Umso besser. Besteck hab ich für dich.«

»And in my hour of darkness she is standing right in front of me« …

Steinmann folgte Redlich zum Tisch in der Ecke. »Was spielen denn die hier für schräge Songs? Wollen die uns verarschen?« Steinmann hörte wieder die Stimme seiner Mutter. Ganz nah war sie.

»Deine Freundin hat noch nicht die Kraft zu kommen, hat sie gesagt. Guck mal, sie hat mir den kleinen Plüschhund mitgegeben für dich.«

»Welcher Song? Ich hör nichts. Möchte wissen, was mit dir los ist, Toby. Los, setz dich!«

»Jawoll, mein Führer!«

»Lass den Quatsch! Und merk dir das, wir können hier niemandem trauen. Am allerwenigsten solchen Typen wie diesem Ralf. Ist garantiert ein Trojaner.«

Steinmann stocherte in den Teigtaschen. »Klar, bloß weil einer sein Leben nicht verschlafen will, ist er gleich ein Trojaner.«

Er ist einer, glaub mir. Damals hat uns auch so einer verpfiffen. Die gibts überall. Mmh, gar nicht schlecht die Dinger. Nur die Soße. Naja.«

»Wie, du hast den Ausbruch auch schon mal versucht?«

»Was denkst du denn?«

Und bist immer noch hier. Bäh! Wie schmeckt das denn? Was machen die denn in ihre Tortellinis? Nährlösung?« Steinmann schob den Teller beiseite. »Hab sowieso keinen Hunger. Verdammt, wo haben sie den Erdbeerkuchen versteckt. Wahrscheinlich bloß wieder Geruchskino.«

»Das sind Blinis«, sagte Redlich. »Wir haben sibirische Woche. Hast du die Aussicht nicht gesehen. Sieht nach Wladiwostok aus.«

»Wladi wo? Ach so. Interessiert mich nicht. Die lullen mich nicht ein mit ihren Bildschirmlandschaften. Aber mal zurück zu den Maps? Hattet ihr die auch?

Ralf hat sie mir gezeigt. Ich weiß jetzt, wo die falschen Türen sind und wo die richtigen. Du brauchst nur den Lichtwandler und den Scan-Code, und schon bist du frei.«

Redlich lachte. »Und das Gate springt auf und das Licht blendet dich. Du spürst den Wind und hörst das Lachen in den Straßen und Stöckelschuhe auf dem Pflaster und alles in echt. Nicht wie hier alles bloß Digitalien.«

»Mann, ja, geil.« Steinmann bekam rote Ohren.

»Hat Ralf also nicht übertrieben. Er will ja auch mit und noch einige andere aus der Subnavi.«

»Fucking hell!« Redlich unterdrückte es, laut zu werden. »Du glaubst das wirklich? Ich sag dir was. Dunkel ists und kalt wie im Märchen. Und nach Erde riechts, nach feuchter, modriger Erde, dass es dir die Kehle zuschnürt.

Da willst du gar nicht weiter. Und wenn dann erst dein toter Vater zu dir spricht und dich einlädt, zu ihm zu kommen in sein Reich, ich sag dir.«

Steinmann stutzte. »Was hat denn der damit zu tun? Mein Vater ist abgehauen, als ich drei Monate war. Warum soll der da auf mich warten und mich einladen?« Er spießte eine Teigtasche auf die Gabel und rührte sie durch die Soße.

Redlich rückte näher. »Kapierst du nicht?«, flüsterte er. »Das ist ne Falle, ein Test. Oder ich weiß nicht was. Jedenfalls wird dir klar, dass es irgendwie aus und vorbei ist mit dir. Und dann gehen die wirklich falschen Türen auf, und die Security hat dich am Arsch. Die packen dich und verfrachten dich ins Archiv.« Er griff nach Steinmanns Oberarm und drückte ihn.

»Hey, Finger weg.«

»Weichei. Genau so wird es kommen. Archiv. Da darfst du Kassetten sortieren und Bandsalat aufnudeln, musst alles mit der Hand beschriften. Auch Briefe mit der Hand schreiben, und manchmal kriegst du sogar einen per Rohrpost, und darin steht, dass sie deiner Bitte nicht nachkommen können, dich vorzeitig wieder ins Digitalisieren aufzunehmen. Du musst warten, bis deinem Antrag auf Wiederkehr stattgegeben wird. Aber leider bist du aufgrund der Vorkommnisse nach ganz hinten gerutscht.«

Steinmann lachte kindisch »Ist ja gut. Klingt ja voll spooky. In welchem Film kommt n das vor? Kannst mir das mal schicken? Nee, mal ehrlich, ist ja wohl ein bisschen Old-School, deine Horrorshow.«

»Glaubst du, ich denke mir das aus? Ich sag dir, am Ende bist du froh, dass du wieder an die benutzerfreundliche Oberfläche darfst und an so einen Rechner. Wenns wieder nach hier und heute klingt. Oder Zukunft.«

»Ungefähr so? Steinmann imitierte die Melodiefolge einer Warteschleife, spreizte den kleinen Finger von der rechten Hand ab, sprach mit verstellter Stimme. »Momentan sind alle unsere Mitarbeiter im Kundengespräch. Der nächste freie Platz ist für Sie reserviert. Ay Holger, du hörst dich schon an wie Dennis. Eigentlich dachte ich, dass du mitkommst. Du hältst es doch hier auch nicht mehr aus, oder?«

Redlich schob sich Blinis nach. Mümmelte scheinbar gelangweilt. »Mir gefällts hier. Mir fehlt nichts«, sagte er schließlich.

»Mir schon. Ich will endlich meine Freundin wiedersehen und meine Mutter. Die höre ich schon dauernd sprechen. Verdammt! Riecht das hier nach Erdbeerkuchen. Mein Bike ist Schrott, hast du gesagt? Ein Mazda?«

»Ich hab gar nichts gesagt.«

»Komisch. Woher? Ach, ich muss Anja anrufen. Die wartet schon.«

»Ich dachte, du bist mit dem Rechner verlobt.«

»Falsch gedacht.« Steinmann strich sich ein paarmal hektisch über die Haare, als wollte er lästige Fliegen oder Gedanken loswerden. Wandte sich wieder Redlich zu. »Und dir gefällts hier, ja? So siehst du aus. Dir fehlt nichts. Lachhaft.« Er fixierte Redlich mit scharfem Blick.

»Ich hab dich neulich mal im Schlaf sprechen hören. Wer sind denn Kaspar, Melli und Zoe? Doch wohl nicht die Sternchen von Bethlehem. Mensch, Alter, willst du nicht auch endlich nach Hause?«

Redlich zuckte kurz. »Das soll ich gesagt haben? Meinst du, ich bin mit 180 in die Leitplanke, um nach

Hause zu kommen? Nie wieder irgend so ein dringender Termin bei irgend so einem superwichtigen Kunden. Meine Kinder, die kannten mich doch nur noch als Geschenkeonkel, und meine Frau wusste gar nicht mehr, was sie sich alles noch verschönern lassen sollte, damit ich sie wieder bemerke.«

»Easy, Holger, easy! Sag ichs doch. Wird Zeit, dass wir den Fakes und Takes hier endlich den Finger zeigen.«

»Hast du nicht zugehört?«, zischte Redlich. »Für mich gibts kein Zurück in die 60-Stunden-Woche. Ich bin tot. Erledigt. Ich mach hier nur noch den Snoozer und warte, bis sie mich woandershin feuern. Mein Antrag läuft. Ich kann warten.«

»Glaubs einfach nicht. Na, deine Sache. Ich bin zwanzig. Ich will was anderes vom Leben als abwarten.«

»Du willst es nicht verstehen. Dann ist dir auch nicht zu helfen. Aber lass mich aus dem Spiel.«

»Mama?«, sagte Steinmann. Da waren sie wieder, die Gerüche. Die Pieptöne. Die Stimme.

»Junge, der Arzt sagt, das ist Täuschung. Du guckst mich nicht an. Aber schön ist es trotzdem. Ich les dir was vor, ja. Dein Lieblingsmärchen. Hör mal: Es war vorzeiten ein König, der hatte einen schönen Lustgarten in seinem Schloss, darin stand ein Baum, der goldene Äpfel trug. Schau mal, draußen scheint ja die Sonne. Schade, dass wir nicht in den Garten können. Ach, ich mach einfach mal das Fenster auf. Wirst dich schon nicht erkälten.«

Irgendwo aus den Wänden der Kantine summte russische Musik. Balalaika. Tiefe, traurige Stimmen. Die Aussicht auf den Hafen großartig. Kräne, Schiffe, die Bucht, der Pazifik. Plakate. Yul Brynner, der berühmte Sohn der

Stadt, machte Werbung für die Zukunft. Sein Gesicht eisern. Der Blick stahlblau.

»Ihr sitzt ja immer noch hier!«, sagte Mangoldt. »Was gibts denn Schönes?«

»Die goldenen Äpfel des Königs«, sagte Steinmann und lächelte versonnen.

»Russische Spezialitäten«, sagte Redlich. »Guck mal raus. Das ist doch Wladiwostok, oder?«

»Keine Ahnung. Letzte Woche Paris hat mir besser gefallen. Da war auch das Essen besser. Sieht ja verboten aus, euer Zeug da. Da faste ich lieber.«

»Habt Ihr schon mal was in die Scheiben geworfen? Auweia, was habe ich jetzt gesagt?« Steinmann kicherte.

»Was issn los mit dem, Holger?«

»Das sind keine Scheiben, Junge. Haben längst welche probiert. Hat sie 300 Punkte im Ranking und eine Ewigkeit im Archiv gekostet.«

»Wen? Ach, nicht schon wieder deine B-Movies, Alter.«

»Was glaubt Toby eigentlich, wo er ist, Holger?

Goldene Äpfel?«

»Ay, wie redet ihr denn? Bin ich hier Patient oder was? Kennt ihr etwa die goldenen Äpfel des Königs nicht?«

Mangoldt verschränkte die Arme. »Hat es ihm noch keiner gesagt?«

»Er ist doch erst drei Wochen hier, Dennis. Du kennst doch die Companyloops: Create patience, calm down your customer, der nächste freie Mitarbeiter usw.«

Steinmann zog den Teller zu sich. Soße schwappte auf den Tisch. »Okay, Leute, ich kann auch meinen Teller in die Scheibe schmeißen, wenn euch das lieber ist. Dann weiß ich wenigstens, was hier läuft.«

»Sollen wir den Doc rufen?«

»Ach was. Besser, wir sagens ihm.«

Steinmann erhob sich von seinem Platz. »Seht ihr da drüben das Fenster, wo angeblich der Hafen sein soll. Schaut genau hin. Gleich ist es da schwarz.«

Mangoldt baute sich vor Steinmann auf. »Lass den Zirkus, bloody idiot. Das ändert auch nichts. Dann sitzen wir bloß wieder wochenlang im Dunkeln, bis sie es repariert haben.«

»Du bist tot, Junge«, sagte Redlich. »Du hattest einen Unfall. Fährst du Fahrrad?«

»Was?« Steinmann nahm den Teller.

»Stell den Teller ab!«, fuhr ihn Mangoldt an. »Ich hab keinen Bock, deinetwegen meine Position zu verspielen.« Sie ernteten ein paar neugierige Blicke von den Tischen schräg gegenüber.

»Setzt dich!«, sagte Redlich freundlich. »Ich habs dir doch erklärt. Du stellst einen Antrag auf Wiederkehr beim Navigationboard und irgendwann wirst du gefeuert. Dauert halt, aber alles andere ist Wahnsinn.«

Mangoldt setzte sich. »Holger weiß, wovon er redet. Der hat auch die Nerven verloren. Hast du ihm das nicht erzählt?«

Redlich verdrehte die Augen. »Ist ja wohl nichts, womit man hausieren geht.«

»Du bist frühestens nach 500 Schleifen wieder dran. Stimmt doch, Holger, oder? Na los, sag ihm doch, was dich die kopflose Fluchtaktion damals im Ranking gekostet hat. Na los! Der Schnulli kanns vertragen. Schickt mir 0900er Takes voller Viren und markiert hier den Driver.«

Redlich beugte sich verschwörerisch vor. »Also, das war so. Wir wussten, dass in Sektor 35 …«

»Erzähls deinem Papierkorb. Ich wills nicht wissen.«

»Typisch«, sagte Mangoldt. Ich will auch endlich wieder auf ner Wiese rumspringen, das kannst du mir glauben, mein Junge.«

»Ich bin nicht dein Junge, Dennis.«

»Das Archiv ist ein Knochenort, glaubs mir, Toby. Wir haben Glück, dass wir tot …«

»Ich bin nicht tot. Dass ihr tot seid, glaub ich allerdings schon. Mir ist bloß kalt. Von eurem Deadline-Trash. Nicht auszuhalten. Ich geh jetzt in die Subnavi. Mal sehen, was Ralf macht. Notfalls wärm ich mich bei dem solange auf, bis es los geht. Adieu, ihr Pausentasten. Ich mail euch ein paar Blumen. Mit ner schönen Warteschleife drum rum.«

»Dann, lieber Freund, muss ich dich melden«, sagte Mangoldt.

»Nur zu«, sagte Steinmann, tänzelte und fing an zu singen: »›Wake me up, before I go go‹. Na, kommt euch das bekannt vor? Ist doch eure Generation.«

Mangoldt ballte die Faust. »Du blöder Hund.«

»Komm, lass ihn. Gehn wir.«

Steinmann winkte ihnen nach. Das Sonnenlicht schmeichelte den verrosteten Anlagen Wladiwostoks. Die Kantine füllte sich. Die Stimme der Vorleserin wärmte ihn. Es war schon perfide, ihr die Stimme seiner Mutter zu geben.

»Als die Äpfel reiften, wurden sie gezählt, aber gleich den nächsten Morgen fehlte einer. Ist dir kalt, mein Junge? Na, ich mach mal lieber das Fenster wieder zu. Anja ist übrigens ganz nett, finde ich. Vielleicht kann ich sie doch noch überreden, dich zu besuchen. Apropos Besuch. Stell dir mal vor, dein Vater hat mich neulich angerufen. Nach fünfzehn Jahren. Keine Ahnung, woher der weiß, was mit dir passiert ist. Der wollte dich besuchen. Ich hab ihn abgewimmelt. Was soll das noch? Kommt der Herr plötzlich auf die Idee, dass er einen Sohn hat. Puh, ist das frisch. Ich glaube, jetzt ist der Sommer bald zu Ende.«

Mangoldt und Redlich betraten den Fahrstuhl. »Dennis Mangoldt, Aesthetic Property, Level 8 bitte«, sagte Mangoldt.

»Holger Redlich, Aesthetic Property, ebenfalls Level 8.« Die Fahrstuhltüren schlossen sich. »Bedaure! Sie haben ein anderes Ziel«, sagte die Frauenstimme, die hier schon immer im Einsatz war. Nüchtern, sachlich. »Für Sie beide liegt eine Anfrage des Navigators vor. Ich überstelle Sie.«

Die Kabine setzte sich in Bewegung. Es rauschte leise. Warteschleifenmusik begleitete die Fahrt. Irgendein Gitarrenriff aus der Altsteinzeit. Saxophonisiert. Zu jeder Anzeige eines neuen Levels ein Triangelton.

»Verdammt!«, sagte Mangoldt. »Das hat uns bestimmt dieser Hotspot mit seinem Auftritt eingebrockt.«

»Ist vielleicht nur wegen der Deadline, Dennis. Lass uns jetzt nicht crashy werden.«

»Du kannst reden. Ich bin auf Position 47. Im übernächsten Tertial hätte ich vielleicht ne Chance.«

Die Musik brach kurz ab. »Ihr Anliegen ist registriert. Bitte noch etwas Geduld. Ihre Situation wird augenblicklich analysiert.«

»Da hörst dus. Das war doch noch nie. Was wollen die denn analysieren?« Mangoldt schnaufte.

»Egal. Wir können eh nichts machen, außer zu warten. Ist doch nicht neu.«

»Es lief gerade so gut bei mir. Muss mir dieser Pausentastenclown dazwischenfunken.«

»Ihr Anliegen ist registriert. Bitte noch etwas Geduld. Ihre Situation wird augenblicklich analysiert.«

»Ist ja gut. Wenn ich überlege, dass wir diese Warteschleife komponiert haben. Level 58? Mann, wie weit hoch geht denn das hier noch?«

»Na, wenigstens nicht abwärts. Ist doch ein gutes Zeichen, dass sie unsern Loop spielen.«

»Ihr Anliegen ist registriert. Bitte noch etwas Geduld. Ihre Situation wird augenblicklich analysiert.«

»Was hast du, mein Junge? Ich hab doch nur deine Füße gestreichelt. Das mochtest du als Kind immer so gerne. Herrjeh, Toby, worüber regst du dich denn so auf? Das ist nicht normal. Ich hol lieber die Schwester. Hallo? Mein Sohn hat sich bewegt.«

Steinmann jagte die Treppen hinunter. Die nächste Tür. Er gab den Code ein. Es piepte. Flutscht ja, dachte Steinmann. Mega, die Maps. Ralf wird sich ärgern. War schon ein bisschen seltsam. »Geh schon mal vor. Wir kommen nach«. Da hab ich doch tatsächlich einen Moment an das Trojaner-Gerede von Holger gedacht. Und jetzt? Nur noch drei Türen. Zack! Geknackt. Huch, was jetzt? Der Gang hier sollte doch laut Karte nach links abgehen. Und zwei Türen nebeneinander? Welche ist denn jetzt die richtige? Mensch, meine Füße kribbeln vielleicht vor Aufregung.

»Ihr Anliegen ist registriert. Bitte noch etwas Geduld. Ihre Situation wird augenblicklich analysiert.«

»Nerv doch nicht. Geht einem ja voll auf den Geist, die Schleife.« Mangoldt spielte mit seinen Fingern.

»Ich weiß noch, wie lange du daran gebastelt hast.«

»Ich? Stimmt. Was solls. Level 73. Hättest du gedacht, Holger, dass hier so viele Leute arbeiten? Bisschen scary ist das schon.«

»Ich glaub nicht, dass so weit oben noch einer arbeitet. Ist doch totenstill.«

Gedämpfte Fanfaren im Stil alter Sandalenfilme erklangen. Es folgte eine freundliche Altstimme. »Ich grüße Sie, meine Herren. Ich habe gute Nachrichten für Sie«.

»Soll das der Navigator sein?«, flüsterte Redlich, den Kopf unmerklich tiefer zwischen die Schultern gezogen.

»Quatsch!«, brummte Mangoldt. »Das ist die Tussi, die wir damals zusammengehauen haben. Elevator 11.«

»Wenn Sie sich bitte konzentrieren und nicht dazwischenreden würden. Dies ist eine Aufzeichnung. Sie wird nur einmal abgespielt.«

»Nee, das ist eine andere. Völlig unkomprimiert. Gar keine Shades. Und so viel Text hatte die auch nicht. Ist ja völlig herselfmade.«

»Du meinst, der Navigator ist eine Frau?« Mangoldt schluckte. »Entschuldigen Sie, gnädige Frau.«

»Pst! Still, Dennis!«

»In Kürze erreichen Sie Level 88. Herr Redlich, Ihrem Antrag wurde stattgegeben. Sie werden hier aussteigen und sich unverzüglich zur ausgeschilderten Rampe begeben, sich entkleiden und auf weitere Anweisungen warten. Ihr Negativ-Register ist bereits gelöscht. Das Los hat eine Familie in Buenos Aires für Sie ausgesucht. Ihre neue Familie hat sich noch nicht für einen Namen entschieden. Sobald wir wissen, ob Sie ein Junge oder ein Mädchen werden, können Sie springen.«

»Was soll ich? Auf keinen Fall. Das geht mir alles zu schnell. Ich bin zurückgestellt seit dem Fluchtversuch. Ist das eine Begnadigung? Ich will gar nicht.« Redlich trat nah an die Stelle, aus der die Stimme kam. »Ich ziehe meinen Antrag zurück.«

»Leise, Mann, jetzt komm ich dran. Vielleicht kriege ich ja ein paar coole Eltern, da, wo ich früher gewohnt habe. War gar nicht schlecht in der Ecke.«

»Herr Mangoldt. Mit Ihnen haben wir andere Pläne.«

»Ay, das klingt mindestens nach Freier Auswahl.« Mangoldt faltete die Hände. »Bitte, ich will zurück an den Bodensee.«

»Sie fahren weiter bis zum Level 99. Dort werden Sie zukünftig Ihren Sitz im Company Navigation Board haben.«

»Ich? Nee, oder? Das muss ein Irrtum sein«, sagte Mangoldt. »Ich bin der, der unbedingt weg will. Ich hab noch gar nicht richtig gelebt. Ich freue mich schon auf neue Eltern. Geschwister will ich auch. Ich verspreche auch, dass ich alles besser machen werde.«

»Sie sind ambitioniert. Ehrgeiziges Personal ist immer gefragt und wird hier mehr gebraucht als bei einer ganz und gar durchschnittlichen argentinischen Obsthändlerfamilie, die für Ihren Aesthetic Property Kollegen vorgesehen ist. Auf Level 99 werden Sie zunächst neu eingekleidet und in Ihre Dienstwohnung geführt. Sie erhalten Status 2. Beratung in allen Fragen der Wiederkehr. Die erste Sitzung ist morgen früh um acht Uhr. Ich erwarte Pünktlichkeit. Ende.«

»Aber ich hab die letzte Arbeit gar nicht abgeliefert. Die schmort noch. Außerdem muss ich die Verantwortung für einen flüchtigen Mitarbeiter meiner Crew übernehmen. Ich bin gänzlich ungeeignet. Mein Kollege hier, der wäre …«

»Lass gut sein«, sagte Redlich. »Ist sowieso nicht zu ändern. Weiß gar nicht, was du hast. Du wolltest was erreichen. Und jetzt bist du soeben in die Navigation befördert worden. Das ist ein Traumlos. Da kann ich als Sohn eines argentinischen Obsthändlers …«

»Oder Tochter.«

»… nicht gegen anstinken. Ich wäre gern die rechte Hand hier.«

»Und ich wäre viel lieber der soundsovielte Sohn eines Obsthändlers.«

»Oder die Tochter.« Redlich lächelte.

»Auch das. Hauptsache raus hier. Auch wenns nicht der Bodensee ist. Argentinien. Mann, ich beneide dich.«

»Ich beneide dich. Aber, wenn das so ist, warum tauschen wir nicht einfach?«

»Du meinst?«

»Klaro, das merken die gar nicht.«

Mangoldt fuhr mit seinem Blick die dunklen, verspiegelten Wände des Fahrstuhls ab. »Die haben unsere Stimmen, die lesen unsere Post, die verwalten unsere Seele.«

»Egal«, sagte Redlich. Er machte sich wieder groß. Umfasste Mangoldts Schultern. Versuchen wirs einfach. Los! Entscheide dich! Ist schon Level 87.«

Mangoldt sah Redlich an. »Und du willst wirklich nicht zurück?«

»Ich komme schon klar. Die Rückkehr wird überschätzt.«

»Ich meine, so eine Familie, ich hab mir das schon so lange gewünscht. Deswegen habe ich doch hier täglich Vollgas gegeben. Oder dachtest du, ich hab aus Spaß so einen Drill-Sergeant gegeben?«

»Natürlich nicht. Logisch. Also abgemacht, Dennis?«
»Abgemacht.«

Schrille Alarmtöne schnitten in die Stille. »Bloody Mouse Pad!«, rief Steinmann. »Der Code stimmt doch. 384 XT GO 18.«

»Bleiben Sie dran. Ihnen wird in Kürze geholfen. Etwas Geduld, bitte. Die Mitarbeiter sind gleich für Sie da.«

Verdammt, die kommen. Das ist ne Falle. Holger hatte recht. Wohin jetzt?

»Etwas Geduld, bitte. Ihr Wunsch wird gleich entgegengenommen. Sie können auch an einer der mobilen Stationen Ihr Anliegen eingeben.«

Wovon redet die? Haben die hier die falschen Schleifen geladen? Ich will raus. Ich will leben. Das ist mein Anliegen, ihr Pepperminds. Oh Mann, dieser Alarm. Wer den verbrochen hat, gehört in die André-Rieu-Hölle.

»Bitte halten Sie schon einmal ihre Geschäftsnummer bereit.«

Aber die Tür. Geht ja auf. O nein, Schritte. Sie kommen mich holen. Licht, was ist das für ein Licht? Überall Leute. »Nehmt eure Griffel weg!«

Die 88 blinkte auf. Die Fahrstuhltüren glitten leise zur Seite.

»Guten Tag. Ihnen wird sofort geholfen.«

Sie umarmten sich. »Leb wohl. Und danke Hol …«

»Pst! Keine Namen. Ich hoffe, wir sehen uns nicht so bald. Vergiss mich schnell und grüß mir die verrückte Welt, Muchacho.«

Das Licht des Fahrstuhls verschwand. Mangoldt stand in einem dunklen Gang. Er rührte sich nicht.

»Bitte folgen Sie den Bodenmarkierungen. Ihre voraussichtliche Absprungzeit beträgt T Minus 3 Minuten. Begeben Sie sich unverzüglich zur Rampe.«

Tatsächlich Bodenmarkierungen. Er wagte sich vor in den Gang. Seine Schritte hallten metallisch. T Minus 3 Minuten. Ist ja voll retro, dachte er. Hätte nicht gedacht, dass die hier noch mit so alten Schleifen arbeiten. Mann, ist das dunkel hier.

»Bitte legen Sie jetzt Ihre Kleidung ab und deponieren Sie sie in dem dafür vorgesehenen Behälter links von Ihnen.«

Wenn ich nicht so eine Scheißangst hätte, würde ich jetzt voll ablachen. Komisch, dass die gar nicht meine Identität checken.

»T Minus 2 Minuten. Die Rampe ist jetzt offen. Gehen Sie zügig und ohne anzuhalten. Mit jedem Schritt vergessen Sie, wer Sie sind und wer Sie waren. Bleiben Sie ruhig. Wir wünschen Ihnen eine gute Wiederkehr.«

Ist das warm hier. Was gurgelt denn da? Unheimlich. Und da schreit doch wer. Was schreit die immer so? Ich will da nicht lang. »Hört ihr, ich habs mir anders überlegt«, rief er.

»Bleiben Sie ruhig. T Minus 30 Sekunden.«

Wo bin ich? Was mache ich? »Hilfe!« Er spürte noch, dass er Luft holte. Und schrie.

»Mein Gott, Junge. Du bist wieder da. Ich sehe dich, ich sehe dich ganz genau. Das ist mein Toby. Mein Toby ist zurück. Was sagst du? Schwester, er will doch was sagen.«

Was geht hier ab, verdammt noch mal. Warum glotzt ihr so? Himmel, ich schreie, aber keiner reagiert. Mama? Wie kommst du hierher?

»Nur Geduld. Jetzt müssen wir ihm erst einmal ein Mittel geben, damit er nicht so stark halluziniert. Hallo, Herr Steinmann. Willkommen zurück im Leben.«

Wer redet da? Haben wir die komponiert? Nein, sie haben alle Gesichter.

War das New York da unten? Redlichs Blick folgte dem Fluss, der Skyline. Nein. Vielleicht doch China. Keine Landschaftswechsel wie in der Kantine. Phantasialand. Schön hell hier oben auf jeden Fall. Aber Beratung in allen Fragen der Wiederkehr hatte er sich anders vorgestellt. Eine ruhige Kugel schieben. Besseres Essen. Geplauder auf dem Gang. Vielleicht auch nette Kolleginnen. Fehlanzeige. Er hockte allein in seinem schicken Büro. Die anderen Kollegen sah er selten. Seltsame Typen. Und dauernd Sandwiches. Obendrein schütteten sie ihn mit Anträgen zu. Und alle sind eilig. Da! Schon wieder drei Anfragen auf einmal. Gut, dass wir vorgesorgt haben, dachte Redlich. Drücke ich eins oder zwei oder drei? Bitte schön.

»Zurzeit sind alle Mitarbeiter in einem Kundengespräch. Der nächste freie Platz ist für Sie reserviert. Bitte halten Sie schon einmal Ihre persönlichen Daten bereit.«

Abreise

Bernd schlief schon. Sie hörte ihn nebenan murmeln. Morgen käme sie endlich raus aus dem Kaff. Weit und breit nichts als markierte Wege und Menschen in beige. So stellte er sich Erholung vor. Berge, Seen und gute Kost. Seine Eltern waren mit ihm schon hierhergefahren. Wandern. Als ob das ein Grund war, da immer wieder hinzufahren. Sie haben doch ein eigenes Leben. Anscheinend ein Irrtum. Auch das, was sie jetzt im Licht des Badezimmers sah, musste ein Irrtum sein. Sie starrte auf den Streifen. Wie war das möglich? Sie hatten doch seit Monaten nicht mehr.

Sie erinnerte sich noch genau an das letzte Mal. Ein Rotweinunfall. Zuviel Sonne im Tank. Sterne überm Schlachtensee. Ganz plötzlich hatte Bernd sie an sich gedrückt, auf den Terrassenboden gedrängt und ihr das Kleid hochgeschoben. Der Herr Doktor der Chirurgie. Alles, was er nicht mit den Händen machte, gehörte eher in die Kategorie Kunstfehler. Vielleicht war sie einfach nur ausgetrocknet von seinem Geschwätz. Den Termin mit den Saunafrauen musste sie jedenfalls absagen. Sie war keine sechszehn mehr, um mit Schürfwunden an Knien und Gesäß anzugeben.

Kinder? Abgehakt. Die späten Einschläge bei den befreundeten Paaren machten sie nicht mehr nervös. Und jetzt das. Sollte sie ihn wecken? Sicher würde er bloß einen seiner Geistesblitze auf sie abfeuern. Unbefleckte Empfängnis, meine Liebe. War da nicht schon mal was? Wenn er schlief, war er ihr manchmal noch nahe. Dann schien hin und wieder der junge Doktorand auf, mit dem sie sich auf dem Studentenfasching in der FU in ein ganz anderes Leben getanzt hatte. Ihretwegen hatte Bernd sich im letzten Jahr sogar das Schnarchen wegoperieren lassen. Getrennte Schlafzimmer? So alt sind wir noch nicht.

Eine Katze kreuzte die Dorfstraße. Die Nacht war still und roch nach Kuh. Sie schloss das Fenster und kroch unter die Bettdecke. Er atmete kaum. Grinste sie mit offenem Mund an. Hinter seinen Augen flackerte ein Traum. Was es da wohl zu grinsen gab? Sie erinnerte sich an einen wochenalten Traum. In dem hatte er sich an ihr mit einer aufgezogenen Spritze – oder war das ein Sexspielzeug? – zu schaffen gemacht, während sie schlief. Sie hatte ihm sogar davon erzählt, so aufgewühlt war sie. Er hatte nur gelächelt. Sein Privatpatientinnenlächeln. Doktorspiele. Sein einziger Kommentar. Und wenn sie das alles gar nicht geträumt hatte? Nein, das traute sie ihm dann doch nicht zu. So durchtrieben war er nicht. Und warum sollte er auf einmal Kinder wollen? Aus Versehen stieß sie ihm das Knie in den Hintern. Er grunzte kurz auf, rückte von ihr ab und schmatzte sich zurück in den Schlaf. Unerklärlich das Ganze.

Er würde sicher einen Liebhaber ins Spiel bringen. Den es nicht gab. Sie war treu. Egal warum. Wahrscheinlich, um ihrer Mutter zu zeigen, dass es möglich war. Allerdings wäre sie beim letzten Betriebsausflug beinahe in den Armen eines Kollegen aus der Nachrichtenredaktion gestrandet. Unmöglich war es also nicht. Das durfte er ruhig mal zur Kenntnis nehmen. Eine Abtreibung kam jedenfalls nicht in Frage. Sie kämpfte noch eine Weile mit Kissen und Bettdecke, dann schlief sie ein. Im Traum wühlte sie im Wäschekorb zwischen seinen Unterhosen nach einem verlorengegangenen Kindersöckchen.

Am Morgen war sie aufgekratzt. Sie wischte den Traum ab, trug sich die Kajalaugen auf und packte singend den Koffer. Das ärgerte ihn. Na, wenigstens am Abreisetag hat Madame gute Laune. Jetzt lächelte sie das Privatpatientinnenlächeln. Er schnitt sich beim Rasieren, blutete lange. Packte mürrisch seine Sachen. Zwischen ihnen summte die Luft. Das Frühstück hielten sie kurz und ohne Zeitungen aus. Es gab auch keine Zeit mehr, die totzuschlagen war.

Während er die Koffer im Wagen verstaute, saß sie schon hinterm Steuer und drückte am Navi herum. Den Ort, der plötzlich als Ziel aufgerufen wurde, kannte sie nicht. Irgendwo außerhalb der Stadt. Aber sie wusste, dort würden sie leben. Ihr Kind und sie. Berlin passte nicht mehr. Sie startete den Wagen und fuhr los. Erst an der Auffahrt zur Autobahn bemerkte sie, dass Bernd nicht neben ihr saß. Die Wolkenbäuche strahlten weiß und mächtig.

Lindas Glück
Eine Parodie

»Mein Gott, Renee, Schätzchen. Das ist doch wohl nicht dein Ernst?« Viktoria Sonders, die Chefin des Nacht und Sonders-Verlages, starrte fassungslos auf die letzte Seite des Manuskriptes. Ihr Kostüm spannte. »Ich darf dir das mal eben vorlesen, damit ich auch weiß, dass ich nicht schlecht geträumt habe, ja?«

»Wenns dir Spaß macht?« Renee Flemming schlug die Beine übereinander und zündete sich eine Zigarette an. »Nur zu!«

Die Verlegerin hielt die letzte Seite wie ein Beweisstück in der Hand und las: »Wieder dieser tiefe Blick in die Augen. Linda wusste, dass sie am Ziel ihrer Wünsche angelangt war. Ja, ich will! wiederholte sie feierlich und warf den Kopf in den Nacken, um ihr Glück laut in die Welt hinauszulachen.«

Viktoria nahm die Brille ab. »Wie bist du bloß auf diesen – entschuldige, dass ich so direkt bin – sentimentalen Mist gekommen?« Viktoria zitierte weiter: »Jonathan lachte mit ihr. Das erste gemeinsame Lachen in einem neuen Leben. In diesem Augenblick wusste Linda: Es existierte doch, das vollkommene Glück. Also wirklich, das geht ja nun überhaupt nicht. Schon gar nicht mit diesem Jonathan. Der hat sie doch nur benutzt. Okay, als Liebhaber hat er ja offensichtlich einiges zu bieten, aber am Schluss, da muss sie ihm die Grenzen aufzeigen. Das bist du deinen Leserinnen schuldig. Du bist immerhin Renee Flemming. Eine Ikone der neuen erotischen Literatur. Da wird gevögelt, aber doch nicht geheiratet.«

»Du klingst wie dein eigener Werbespruch, Vicky«, sagte die Bestsellerautorin, hob den Kopf und pustete den Rauch in Richtung des Verlagsregals, in dem auch ihre Bücher standen: Feuer, bitte! Zuckerschoten. Lacklicht. Das letzte hatte ihr sogar die »Goldenen Geisha-Kugeln« eingebracht, den begehrten Preis der Erotikliteraturszene. »Ich wollte endlich mal, dass es gut endet, und nicht nur im Bett«, sagte Renee.

»Ja, aber wir machen nun einmal Bücher für selbständige, moderne Frauen. Die durchaus das eine oder andere ausprobieren und vor allem selbst bestimmen wollen. Lindas Glück? Den Liebesquatsch holen sie sich im ZDF.« Viktoria legte die letzte Seite zu den übrigen auf dem Glastisch. »Und denen, die die Pflaume im Speckmantel, mit der sie in Wirklichkeit das Bett teilen, mal für ein paar Stunden vergessen wollen, kannst du keinen lachenden Jonathan mehr anbieten. Das knackige Äpfelchen ist längst gegessen.« Sie lachte über ihren Obst-Witz, erhob sich von der Ledercouch und ging kopfschüttelnd zum Fenster. »Seit wann rauchst du eigentlich wieder, Schätzchen?«

»Tue ich gar nicht. Anne-Kathrin Sauer raucht. Die Frau, die mal was ausprobieren will. Renee Flemming, die bekannte Autorin, die Ikone der Unterversorgten, würde so etwas nie tun.«

Die Verlagschefin öffnete das Fenster, wandte sich wieder ihrer Autorin zu, strich ihr übers Haar. »Was ist denn los mit dir, Schätzchen? Brauchst du eine Auszeit? Oder soll ich Igor anrufen, damit er uns zwei seiner Jungs schickt? Du bist schon die ganze letzte Zeit so gereizt.«

Renee alias Anne-Kathrin schnippte die kaum abgerauchte Zigarette zum Fenster raus. »Karl holt nachher seine Sachen ab«, sagte sie.

»Was?« Viktoria zog sie heran, küsste sie auf den Mundwinkel. »Mein Flämmchen. Tut mir leid, das zu hören. Aber wer weiß, wozu es gut ist.« Sie massierte ihr sanft den Nacken. »Wenn du mich fragst, und ich sag dir das nicht nur als deine Verlegerin, du bist zu weich geworden. In deiner Schreibe, in deinem Auftreten. Und überhaupt.« Sie strich wie beiläufig über die weiße Bluse Renees, trat dann einen Schritt zurück.

»Mal ehrlich, diese Bluse und deine Tantenschuhe neuerdings, entschuldige, aber das passt vielleicht zu einer Frau Sauer, die einmal Lehrerin für Französisch und Latein werden wollte. Aber nicht zu der Frau, die sich bei ihren Recherchen für nichts zu schade war. Ich wette, Karl hat sogar von dir verlangt, dass du das Schreiben aufgibst. Den ganzen Kram mit der biologischen Uhr wieder angeworfen. So katholisch wie der manchmal drauf ist. Entschuldige, aber das muss ich dir jetzt mal so sagen. Sei froh, dass du den los bist.«

Renee Flemming blieb kühl. »Ich habe wirklich gehofft, dass er mich heiratet.«

»O Gott, womöglich noch in Weiß. Siehst du, ich sag ja, du bist zu weich geworden. Das ist immer dieselbe Falle.«

»Er will offenbar nicht. Und ich möchte nicht so weitermachen.«

»Natürlich. Aber jetzt ist das ja erst einmal wieder vom Tisch, und wir können vielleicht nächste Woche über Änderungen im Schlusskapitel reden. Alles nur nicht dieser altbackene Süßkram. Oder richtig klebrig und süß und überall. Das geht dann wieder.«

Renee Flemming nahm einen Schluck aus dem Rotweinglas, das da schon seit ein paar Minuten halbvoll bereit stand. »Ich werde einen neuen Roman schreiben.«

Viktoria Sonders griff ebenfalls nach ihrem Glas. »So? Auch schön. Wenn ich ehrlich sein soll. Das, was da auf dem Tisch liegt, ist nicht die Renee Flemming, die ich mir vorstelle.«

Der Rotwein schwankte in den Gläsern. Die Verlegerin öffnete die obersten Knöpfe ihres Kostüms, setzte wieder zu einem Kuss an. Aber Renee Flemming wehrte ab, stellte ihr Glas zurück, glitt von der Couch in den Mantel und war zügig an der Tür. »Nanu, so eilig auf einmal?«, fragte die Verlegerin. »Soll ich nicht doch noch bei Igor anklingeln, damit du auf andere Gedanken kommst?«

»Ein vertauschtes Kind, soll er heißen. In Frankreich kurz vor dem Krieg spielen. Ich werde einen anderen Verlag brauchen.«

Die verständnislose Miene der Verlegerin begleitete Renee Flemming noch eine ganze Weile. Auf dem Weg nach Hause war sie wieder zu Anne-Kathrin Sauer geworden. Ob Karl schon da war? Und wenn schon, soll er doch warten, dachte sie und drehte noch ein paar Extrarunden durchs Viertel, bis es zu regnen anfing. Als sie in die Straße einbog, sah sie ihn schon von weitem. Er lehnte am Gartentor. Warum stand er denn da so im Regen rum? War doch gar nicht seine Art, sich Anzug und Schuhe zu ruinieren. Oder war das etwa doch einer von Igors Jungs, die ihr Vicky hinterhergeschickt hatte? Nein, es war Karl. Im Anzug. Nass bis auf die Knochen. Er würde erst einmal trockene Sachen brauchen. Genau wie damals, als sie das erste Mal gevögelt hatten. Ihr Herz pumpte auf einmal schneller. Vor Lust, vor Wut.

Tränen stiegen ihr auf. »Jetzt reiß dich bloß zusammen, du Geisha-Kugel-Alpha-Weibchen!« Sie fuhr an Karl vorbei auf die Auffahrt. Im Rückspiegel sah sie ihn mit schnellen, ja fast hektischen Schritten folgen. Na gut, wenn du es so eilig hast, bringen wirs hinter uns, dachte sie. Griff sich den Mini-Schirm, ordnete noch einmal ihr Haar, spitzte die roten Lippen.

Als sie die Wagentür öffnete, kniete er vor ihr auf dem Rasen. Vor Schreck vergaß sie den Schirm zu öffnen. »Möchtest du meine Frau werden?«, fragte Karl. Beinahe hätte sie ihn mit dem Schirm geschlagen. Stattdessen versank ihr Blick in seinen Augen. Sie taumelte auf ihn zu. Im Kopf nur diese absurden Sätze: Linda wusste, dass sie am Ziel ihrer Wünsche angelangt war. Es existierte doch, das vollkommene Glück. »Ja, ich will!«, sagte sie und lachte ihre Freude laut in die Welt hinaus. »Du blöder Idiot.«

Rainer Schildberger,

geboren in Berlin. Studium Geschichte, Sport und Musik in Berlin und Los Angeles. Arbeitete als Feature- und Hörspielautor. Ist Lektor, Lehrer für kreatives Schreiben und Musiker. Alfred-Döblin-Stipendium 1998, Grenzgänger-Stipendium 2015. Nominierung n-ost Reportagepreis 2016. Als Geschichtenerzähler arbeitet er gerne auf dem Hintergrund des Autobiographischen aber auch im Surrealen.

Buchveröffentlichungen:

»Der Einflüsterer«, Roman
(dahlemer verlagsanstalt 2002)

»Wo der Himmel redet. An heiligen Orten Europas. Ein Pilgerbuch.« (Herder Verlag 2004)

»Ein Sonntag zuviel« , Erzählungen
(dahlemer verlagsanstalt 2011)

»Brandschatz – Die Erfindung einer wahren Geschichte«
(Hrsg.) (dahlemer verlagsanstalt 2014)

»Unterholz – Zwei Jahre im Wald«
(Hrsg.) (dahlemer verlagsanstalt 2020)